Kametsu Tomobashi
友橋かめつ
Illustration
へいろー
その門番、最強につき
～追放された防御力9999の戦士、
王都の門番として無双する～

「お前は今日限りでこのパーティをクビだ」
ナハト Nahat
【紅蓮の牙】リーダー
イレーネ Irene
【紅蓮の牙】弓使い

ジーク Sieg
Bランク冒険者
ハルナ Haruna
【紅蓮の牙】魔法使い

ファム Fam
第五分隊隊員 弓使い
スピノザ Spinoza
第五分隊隊員 大槌使い

セイラ Seira
第五分隊隊員 短剣使い

「ジークしゃん。頑張ってましゅねー」
「セイラ!?!?　酔っているのか……?」

「……ジーク。ようやく見つけたぜ」
「ナハト……」

その門番、最強につき

～追放された防御力9999の戦士、王都の門番として無双する～

友橋かめつ
Kametsu Tomobashi

Illustration
へいろー

CONTENTS

第一話　門番に転職する

「ジーク。お前は今日限りでこのパーティをクビだ」

冒険者ギルド内でも達成者がいなかった任務を傷一つ負うことなく達成し、充実感と共に酒場で打ち上げをしている最中だった。

俺たちが結成している実力派パーティ――【紅蓮の牙】。

そのリーダーであるナハトが俺にそう宣告してきた。

「……理由を聞いてもいいか？」

「俺たち【紅蓮の牙】は火力に特化したパーティだ。俺の剣技にハルナの魔法、イレーネの弓術を前にして、十分以上立っていられる魔物はいねえ。間違いなく、俺たちはこの街で最強の攻撃力を持ったパーティだ。ジーク。お前を除いてはな」

はっ、と鼻を鳴らすと、人を心底バカにしたような嘲笑を浮かべた。

「お前、仮にも剣士なんだろ？　なのにあの火力のなさは何だよ。俺たちが戦っている間もぼうっと突っ立っていやがってよ。魔物にとっちゃ格好の的じゃねえか。攻撃されてもろくにやり返しもしねえでよ。それでも【紅蓮の牙】の一員か？　攻めずに守ってばかりの臆病者はうちのパーティにはいらねえんだよ」

ナハトは黒髪を掻き上げながらそう言い放った。

かねてからナハトは俺に対して不満を持っているようだった。それが、酒が入ったことによって爆発してしまったようだ。

ナハトは同じ席についていた他の仲間たちを睥睨すると、声を上げた。

「おい！　お前らもこいつに言ってやれよ！」

「『えっ？』」

「お前らもジークの無能っぷりには辟易としてただろ？　だったら、この場で直接言ってやればいいじゃねえか。言え。今すぐに」

猛禽類のような目つきに気圧され、仲間たちは身を竦める。

やがて、追い立てられるように魔法使いのハルナが口を開いた。

「……そうね。ジークは図体がデカい割には見かけ倒しっていうか。もっとガンガン攻めていきなさいよとは思うわ」

「ハルナの言う通りだ。でくの坊ってのはこのことだ」

と俺への批判を耳にしたジークは満足そうに頷いた。

「おら。イレーネも言ってやれよ」

彼の視線は弓使いのイレーネへと向いた。

「そだね。うちもそう思うっていうか。せっかく力があっても使わなきゃ意味ないし。ちゃんと戦って欲しいかも」

「ははは！　ジークの奴は去勢されたのかってくらい戦わねえからな！　ぼーっとその場に突っ

立ってるだけだ！」

　高らかに笑うジークに、俺は反論の言葉を返した。

「俺はぼうっと突っ立っているわけじゃないし、去勢されているわけでもない。パーティのために自分の役割を果たしているだけだ」

「お前なあ、魔物からタコ殴りにされるってのは、役割って言わないんだよ。そんなもんは案山子でもできるからな？」

　ナハトは俺をなじりながら嬉々とした表情を浮かべている。

　自らの暴言に酔いしれているかのように。

　ハルナとイレーネは気まずそうに身を縮こまらせていたが、ナハトに睨み付けられるとヘラヘラと追従するように笑った。

　……最初はこんな感じじゃなかった。

　俺たちがパーティを組み始めたばかりの頃は、互いの短所を補い、良いパーティとして機能していたのだ。

　それが数々の任務をこなし、【紅蓮の牙】が有名になっていくにつれて、ナハトは勘違いするようになってしまった。

【紅蓮の牙】は火力に優れたパーティだ――という周囲からの評判に煽られるようにして攻撃力ばかりを重視するようになった。

　しかも、他人を平気で見下し、貶める。

ナハトはそんな人間に変わり果ててしまった。

「【紅蓮の牙】は突っ立ってるだけの案山子を許さねえ。ジーク。お前はもう俺たちにはつり合わない人材なんだよ」

……これ以上、何を言っても聞く耳を持たないだろう。

一度、役立たずだというレッテルを貼られてしまったら、その認識を覆すのは並大抵のことじゃない。

今の彼らは自分の見たいものだけしか見ない。

「……そうか。今まで世話になったな」

俺は突きつけられたクビの宣告を受け入れた。

「あばよ。明日からは一人分の宿屋代が浮いて清々するぜ」

「……ああ」

短くはない期間、連れ添ったとは決して思えないような淡泊な別れの言葉を投げかけるパーティメンバーたちを背にして、俺は酒場を後にした。

夜空の月に見守られながら、その足で冒険者ギルドに向かう。

パーティから抜けたのであれば、その手続きをしなくてはならない。

冒険者ギルドにやってくると、受付嬢の下へと向かった。

「お疲れさまです。ジークさん。お一人でどうしたんですか？」

「それが……パーティをクビになったんだ。だからその手続きに来た」

「ええっ⁉　く、クビですか⁉　ジークさんが⁉」

受付嬢は落っことすんじゃないかと思うほど目を見開いていた。

「【紅蓮の牙】の皆さん、いったい何を考えてるんですか？　パーティの大黒柱のジークさんをクビにするなんて！」

「大黒柱って……。俺はそんな大層なものじゃないよ」

「だけど、魔物たちのヘイトを一身に集めて、仲間たちを攻撃から守っていたのはジークさんじゃないですか！　ジークさんが率先して魔物の的になるからこそ、他の方々は集中して攻撃することができていたのに！」

「そう言ってくれるのは、君くらいのもんだ」

「ジークさんという盾があるからこそ、剣が活躍することができるのに。街の人や仲間の皆さんはそこのところを履き違えてるんですよ」

周囲の人間は皆、【紅蓮の牙】の攻撃力を讃えていたが、その陰に隠れた俺に彼女だけは目を向けてくれていた。

ありがたいことだ。

「これからはどうされるんですか？　他のパーティに加入して、【紅蓮の牙】をぎゃふんと言わせちゃいましょうよ」

「いや。クビを切られた俺を、拾ってくれるパーティはないだろう。ナハトからの圧力を恐れて手を出したがらないはずだ」

「じゃあ」

「ああ。俺は今日限りで冒険者を辞めるつもりだ」

「そんな……勿体ないですよ！」

「元々、いつ足を洗おうかと考えていたところだったんだ。不安定な職種だからな。今回のことは良い機会だ」

「そうですか……」

受付嬢は渋々ながらも呑み込んだようだった。

「これから何をするかはもう決まってるんですか？」

「今のところは何も。取りあえず、雇用契約がある職業を探そうと思っている。その方が安定するだろうしな」

今まで根無し草だったから、そろそろちゃんとした根を張りたい。

「——そういうことでしたら、私からご紹介しましょうか？」

「えっ？」

「ちょうど、ジークさんにピッタリの求人があるんです。お給料が毎月出て、雇用も安定している職業ですよ」

「そんな夢のような仕事が⁉　それはいったい……」

「門番のお仕事です」

受付嬢は指を立てて言った。

「門番……」

「今、人手不足らしくて。腕の立つ人を探してるんですよ。紹介状があれば、すぐにでも採用されると思いますよ」

「そうか。それはぜひ頼みたい」

「では、そのように手配しておきますね」

「ちなみに門番というのは、どこの門番なんだ?」

「王都アスタロトの門番です」

「え……」

受付嬢は気まずそうな笑みを浮かべた。

なるほどな、と俺はそこでようやく納得した。あの曰く付きの都市の門番か。そりゃ猫の手も借りたくなるわけだ。

王都アスタロト――。
そこは世界一危険なことで有名な都市だった。
四方八方からあらゆる脅威が降りかかってくる。
魔物。山賊。盗賊。悪党たちが次々と襲いかかってくる。

なぜそんなに狙われてしまうのか——。

その秘密は王都に安置されている秘宝にあった。

光のオーブ。

それはこの世界で魔王を打ち倒すことができる唯一の秘宝。そして同時に今現在、魔王を封印している楔（くさび）でもある。

故に魔王の配下である魔族たちは全力でそれを奪おうとしている。

悪党たちからすれば、光のオーブを奪えば莫大な財を築くことができる。

そう言ったこともあり、王都アスタロトは日々外敵からの襲撃を受けていた。次から次に襲い掛かってくるものだから、必然、警備の騎士や兵士の人手は足りなくなる。かと言って誰でも彼でも投入して良いというわけではない。実力不足の者を雇っても、即座に屍（しかばね）になってしまうのがオチだからだ。

王都の衛兵は多大な危険が伴う仕事であり、それが務まるようであればもっと他の仕事で財を築くことができる。

大義や使命感がなければ、とてもやっていられない割の合わない仕事。

けれど、俺は受けることにした。

大義や使命感があったわけじゃないが、パーティをクビになり、冒険者の道を失った今の俺にとっては職にありつけるだけありがたい。

もう二十代も半ばだ。

一から全く別の職につくよりは、今まで冒険者として培ってきたものを活かせる職業についた方がいいだろう。

俺は早速、ギルドからの紹介状を貰って王都アスタロトに向かった。

馬車は出ていなかった。御者曰く、あの辺りは危険すぎるからということらしい。仕方がないから歩いて向かうことにした。

一週間ほどして、ようやく到着した。

王都アスタロトは街をぐるりと厳重そうな石壁に囲まれていた。ただ、度重なる魔物の襲撃に遭ったせいだろう。ボロボロになっていた。

正面の門へと移動する。

そこには門番が二人立っており、検問をしていた。

「む。お前はこの街に何をしに来た？」

「冒険者ギルドから職を紹介されてきたんだ」

俺は懐から取り出した紹介状を提示した。

「これは……紹介状か」

「本物の紹介状かどうか確認させて貰う」

「ああ」

随分と念入りだな。

それだけ普段から色々な手段で侵入しようとする輩が多いのか。

　しばらくして、門番の一人が戻ってくる。

「待たせたな。この承認印は間違いない。本物のようだ」

「であれば、通ってよしだ」

　ふう。まずは追い返されずに一安心といったところか。

「街の衛兵の仕事に応募しにきたということなら、兵長のところに案内してやろう。私の後についてくるといい」

「助かるよ」

　門番の一人が俺を案内してくれるようだ。

　俺は彼の後について、街の中を歩いていく。

「そういえばあんた、エストールの冒険者ギルドの紹介なんだろう？　あそこには紅蓮の牙って有名なパーティがいるんだってな」

「え？　あ、ああ。知ってるのか」

「そりゃ有名だからな。超攻撃的なスタイルで、火力では右に出る者なし。彼らは誰もが認める実力者たちだよ」

　門番の男がしみじみと呟いた。

「彼らのうちの誰かがこの街の衛兵になってくれたら、助かるんだけどなあ。今の状況も少しは好転するはずだ」

「…………」

一応、俺はそのパーティの一員だったんだけどな。

まあ、クビになったけども。

「この街の状況はそんなにマズいのか？」

「度重なる魔物の襲撃で、建物も人も疲弊しきってる。商人も中々来られないから、物資も常に不足してるしな」

門番の男はため息をついた。

「いっそ、光のオーブを手放してしまえば楽になれるんだろうが……そうしたらみすみす魔王を復活させることになるしなあ。この街は貧乏くじを引かされたんだよ」

「………」

「おっと。暗い話をしてしまったな。これからここで働くっていうのに。すまない。今の話は忘れてくれ」

門番の男はそう言うと、

「しかし、あんたも結構、腕に覚えがあるみたいだな」

「……え？」

「この紹介状――べた褒めされてるじゃないか。【紅蓮の牙】の面々にも劣らないほどの素晴らしい人材だってさ」

そんなふうに書いて貰っていたのか。

「それが本当だとすれば、俺たちからするととても心強いよ。ぜひ、この街を守るためにいっしょに働きたい」

「俺としてもそのつもりだ」

門番に連れられて兵舎へとやってくる。

そこには衛兵たちが待機していた。

奥にある部屋へと通される。

「ボルトン団長。こちら衛兵の志願者です。エストールの冒険者ギルドの紹介状を持ってきていたので通しました」

門番の男の声に、奥の机に足を乗せて座っていた男が反応する。

ボルトンと呼ばれた大柄な男がこちらをギロリと見据えてきた。

荒々しいオールバックの髪。

額や頬には古い切り傷が刻まれている。

数多の戦場を潜り抜けてきた者だけが宿せる貫禄があった。

「ふうん。冒険者ギルドの紹介ねえ。連中からの紹介となると、どうせどこの馬の骨とも知れない雑魚が派遣されて――って、ん？」

失笑混じりに紹介状を見やったボルトンの目が見開かれた。

「ジーク。お前。Bランク冒険者なのか」

「ええ。一応」

「それが衛兵の志願者ねえ……。さてはお前も大義や使命感に駆られたクチか？　そんなもんは犬にでも喰わせた方がマシだぜ」

ボルトンは自嘲するように口元を歪める。

「うちは薄給のくせに、常に危険と隣り合わせな職業だ。それに冒険者とは違い、危なくなったからといって逃げるなんてことは許されねえ。労働環境としては最悪だ。その上、騎士団には面倒な仕事は全部丸投げされる。俺らは連中の下請けみたいなもんだからな。それを理解して志願してきたのか？」

「ええ。俺に他の選択肢はありません。覚悟はできています」

「――はっ。お前、もしかしてワケありか？　まあ、そうでもないと、Ｂランク冒険者がこんなところに来ねえもんな」

ボルトンは顎のひげを手で撫でる。

「うちとしては使える奴なら喉が出るほど欲しい。だが、誰でも彼でもはい採用ってわけにはいかねえ。腕のない奴を雇ってもすぐに死ぬのがオチだ。うちの衛兵団は死体収容所じゃないんでな。それに多少なりとも情の湧いた奴が死ぬと、飯が不味くなる。だからお前の実力を測るために採用試験をさせて貰う。Ｂランク冒険者といえど、パーティメンバーに寄生してるだけの実力がない奴も中にはいるからな。お前の実力を見極めさせて貰う。採用試験に受かることができれば雇ってやるよ」

「分かりました。よろしくお願いします」

こうして俺は衛兵の採用試験を受けることになった。

第二話　採用試験

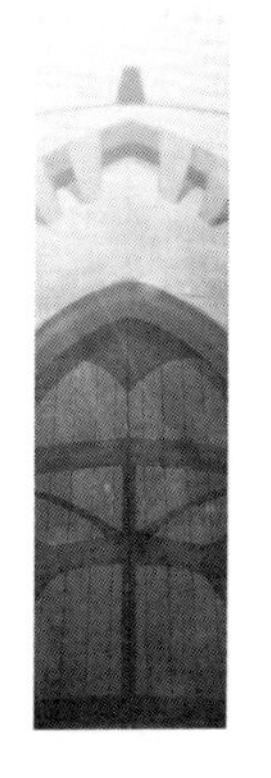

採用試験のために練兵場へとやってきた。

開けた空き地に、それはあった。

「よーし。そんじゃ、採用試験を始めるとすっか」

ボルトンは首筋を撫でながら、気怠げに言った。

「試験の内容は？」と俺は尋ねる。

「まさか、筆記や面接でもやると思ってるのか？」

ボルトンはにやりと笑った。

「この街の衛兵に必要なのは教養でも、礼儀作法でもねえ。力だ。街の連中と秘宝を守る実力があればそれでいい」

「なるほど。それは分かりやすくていいですね」

教養や礼儀作法を求められたら、どうしようかと思った。

孤児から冒険者になった俺には、その類のものが欠けている。それよりは実力が全てという社会の方が生きやすい。

「まずは手始めに打ち合いといくか。衛兵三人を相手にな。それもジーク。お前から剣を振るうのはナシだ」

「防戦一方ってことですか?」

「ああ。衛兵……特に守衛に必要なのは攻撃力よりも防御力だ。敵の攻撃に耐える能力がなければやっていけない」

それには自信があった。

攻撃力を求められることよりもずっと。

衛兵が三人、前に出てきた。それぞれ剣、槍、斧を手にしている。

「これはあくまでも実践形式だからな。当たりどころが悪ければ死ぬ。それが嫌なら、必死に避けたり防ぐこった」

俺は腰に差していた木剣を抜いた。左手に盾を構える。

「おいおい。俺の話を聞いてたのか? お前は攻撃しちゃいけないんだぜ」

「実践形式なんでしょう? なら、剣を持っていないとおかしい。盾一つで戦場のど真ん中に飛び込むバカはいないですから」

「ハッ。確かにそりゃそうだ。しかし、その余裕が仇にならなきゃいいがな。剣の重さ分だけ動きが制限されるんだぜ」

ボルトンはそう言うと、振り上げた手を下ろした。

「それじゃ、スタートだ」

衛兵たちが同時に駆け出してきた。

右、中央、左とばらけている。

「はあっ！」

まず最初に右側の衛兵が槍を突き出してきた。

ビュンッ。穂先が勢いよく走る。

俺は半身を退いて、それを躱した。

ステップしたところに、左側にいた衛兵が剣を振り下ろしてくる。

すぐさま盾を差し出して受け止めた。

「――ここだっ！」

最後に真ん中の衛兵が斧を振り下ろしてきた。

体重の乗った一撃――これは盾では受けきれない。

だったら弾けばいい。

俺は振り下ろされる斧をタイミングよく盾で弾いた。

「――っ⁉」

斧を持っていた衛兵は完全に重心を崩された。後ろによろめき、隙だらけになる。俺は盾を相手の顔面に叩きつける。

「がはっ……？」

完全に不意を突かれた衛兵は、仰向けに倒れて気絶した。

「おい。ジーク。俺の話を聞いてたのか？」とボルトンが咎めるように言う。

「俺が言われたのは剣を振るうなということです。今のは盾でのスタンですから。それにこれは防御の一環ですよ」

「屁理屈を抜かしやがって」

　ボルトンは忌々しげに顔をしかめた。

「だが、複数人に対峙(たいじ)した時の冷静な立ち回りは中々のもんだ。だてに元Bランクだったわけじゃないらしい」

「どうも」

「じゃあ、次はこいつだ。ジーク。今からお前の後ろに風船を一つ置く。これを衛兵共に割られないようにして戦え」

「防衛戦ってことですか」

「そういうこった。この風船を街の人々だと思って守り抜け。割られることは、街の人々が殺されるってことだ」

　ボルトンはそう言うと、釘を刺すように見据えてきた。

「言っておくが、もうさっきのようなスタンは認めねえ。攻撃をした時点で、お前の採用は見送らせて貰う」

　衛兵たちは互いに顔を見合わせた。

「ボルトン団長。無茶言うなあ……」

「あんな厳しい条件、俺たちが入隊する時には課されなかったよな？　あのジークって人にだけ厳しくないか？」

「ボルトン団長は、よそ者と冒険者が嫌いだからな」

「おい。うるせえぞ。てめえら」

「「「すみません！」」」

ボルトンは衛兵たちを見据え、這うような低い声で言う。

「言っておくが、手加減しようなんて考えるなよ。あの風船を魔物だと思え。割ることができなければ、大切な人に被害が及ぶんだ」

「……（ごくり）」

衛兵たちの目つきが変わった。真剣な表情だ。

一斉に突っ込んでくる。

俺は風船よりも前に出ると、守る態勢に入った。

こっちから攻撃してはいけない。スタンも封じられてしまった。

全員を一斉に相手にしていれば、いつかは抜かれてしまうだろう。

なら——防御すると共に無力化するしかない。

「はああっ！」

衛兵の繰り出した槍の一撃を、盾でパリイした。

力を受け流し、その反動で衛兵の手から槍が飛んだ。続けざまに放たれた剣と斧の攻撃もタイミングよくパリイした。

衛兵たちの手から剣と斧が弾き飛ばされた。

「おいおい。マジかよ。立て続きにパリイを決めるなんて」

「少しでもタイミングがずれれば、攻撃が直撃するんだぞ。大道芸でする奴はいても実戦で使う奴なんて見たことがねえ……！」

「極限状態の中、何度も成功させるなんて信じられねえ！」

それは日頃の鍛錬の賜物だった。

冒険者になりたての頃、死ぬ思いをして鍛え上げたからな。並の攻撃であれば、目を瞑っててもパリイすることができる。

「ちっ。不甲斐ない奴らだ。——今だ！　てめえら行けっ！」

ボルトンがどこかに向かって指示の声を飛ばした。

すると、傍らで見学していた衛兵たちが風船を目がけて走り出した。

「……何だと？」

「言っておくが、こいつらに風船を割られてもお前の負けだ」

「き、汚ねえ！」

衛兵たちの間からも異論の声が上がる。

だが、ボルトンは意にも介さずにそれを一蹴する。

「——ハッ。実戦ではどこから敵が現れるか分からねえからな。イレギュラーな事態にも対応できてこその真の実力者だ」

恐らく、勝ちを確信したのだろう。

ボルトンは勝ち誇った表情を浮かべると、声高々に叫んだ。

「この距離じゃ、衛兵たちに追いつくことはできねえだろ！　ジーク。どうやらこの勝負はお前の負けみたいだなァ」

「いいや。まだだ。——【アイアンターゲット】」

俺はその場でスキルを発動させた。

すると、乱入してきた衛兵たちが風船に向かって放った攻撃——その衝撃が全て歪曲し、俺の下へと向かってきた。

俺はそれを受け止める。

「何っ……!?」

「バカな……！」

衛兵たちは起こった現象を受け止められていないようだった。

彼らからすれば、確かに風船に向かって攻撃を放ったにも関わらず、風船がまるで割れないという現象が起こったのだから。

この場で事態を把握していたのは、俺とボルトンの二人だけだった。

彼は感嘆するように息を吐いた。

「ほう。攻撃を全て自分に集めるスキルか？　今まで数多くの冒険者を見てきたが、そんなスキルは見たことがない」

ボルトンの表情からは、先ほどまでの笑みが消えていた。

「どうやら、お前は思っていた以上に面白い男のようだな」

そう言うと、腰に差していた剣を抜いた。

俺に向かって突きつけてくる。

「……おい。ジーク。次は俺と一対一で勝負しろ。――てめえの本当の実力、この俺が直に見定めてやるよ」

「今度は俺も攻撃していいんですか？」

俺はボルトンに尋ねる。

「ああ。何の制限もない。サシの対決だ。戦闘不能になるか、降参するか。そのどちらかになるまでは戦いが続く」

「俺が勝ったら、採用試験は合格なんですかね？」

「――ハッ。そりゃそうだ。こっちから頭を下げてやらあ。とは言え、負けてやるつもりは毛頭ねえけどな」

「そうですか。なら、俺は風船を守りながら戦います」

「……お前、俺のことを舐めてるのか？」

「いいえ。実際、防衛戦では街の人々を守りながらの戦いになりますから。何も気にしないサシの戦いになることの方が少ない」

「常に戦闘を想定してるってワケか。大した心がけじゃねえか。もっとも、それは実力が伴わないと意味はねえけどな」

俺たちの様子を見物していた衛兵たちが囁いているのが聞こえてくる。

「あのジークって奴、ボルトン団長相手にもまるで怯んでないな」

「ボルトン団長は騎士団長にも匹敵するくらいの実力の持ち主だからな。Aランク冒険者にも劣らない力の持ち主だ。怒らせたら死んじまうぞ……⁉」

俺とボルトンは互いに距離を取って向かい合う。

臨戦態勢に入る。場の空気が静まり返る。

じり、と向こうの足が動くのが見えた。

次の瞬間、煙のように一瞬で姿が消えていた。

気づいた時には、目の前にまで迫ってきていた。

「くっ――！」

振り下ろされた剣を盾で受ける。

一撃が重い。足が地面に沈み込む。

「おらあああっ！」

ボルトンはすぐさま身体を回転させると、二撃目を放ってくる。

だが――。

その二撃目がボルトンの命取りになる。

「俺の動きに付いてこられる奴は、衛兵の中にはいねえ！」

身体の回転と共に放たれた一撃にタイミングを合わせる。

キィン！

「バカな……！　パリイしただと……！」

回転を止められ、重心の崩れたボルトンは隙だらけだ。

剣を振るう。

それは到底、躱されるはずはなかった。

しかし、ボルトンは神がかった反射神経によって身を退いた。おかげで繰り出した剣先は彼の胴体を掠めるだけに終わってしまう。

なるほど。伊達に団長を務めているわけではないらしい。

この人は、強い。

「大した奴だ。俺と対等に渡り合ってくるとはな。……正直に言うと、ここでお前を合格にしてやってもいいんだが……」

ハッ、とボルトンは無邪気な笑みを浮かべた。

「単純にお前の強さを見極めてみたくなった。とっくに枯れ切ったと思っていたが、俺にもまだ闘争心は残っているらしい」

先ほどまでの気だるさは消えていた。その目は獣のように獰猛だった。

どうやら目覚めさせてしまったらしい。

何かが来る気配がした。

今までは小手調べだったのだろう。

まだボルトンは奥の手を隠している。

「お前の防御の腕前は分かった。大したお手前だ。だが——同時に千もの剣戟（けんげき）を防ぐことはできねえだろ！」

ボルトンは地面を蹴ると、狼のように飛翔する。

剣を頭の後ろに引くと、剣身が白い光を帯びた。

これは——スキルか！

「防いでみろ——千の剣戟（サウザンドラッシュ）——をな！」

開いた花弁のように剣が分身した。

無数の剣戟が俺を目がけて襲いかかってくる。

一を千に見せているわけじゃない。千の剣戟が同時に降り注いできている。

確かにこれをパリイすることは不可能だ。

逃げ切れない——。

だったら！

真っ向から受けきれば良いだけの話だ。

「【アイアンターゲット】」

俺は風船を守るために自分に攻撃を集中させようとスキルを発動させる。

「バカめ！　串刺しだ！」

分散されていた剣戟は全て俺の下へと集約される。

小細工は一切なしだ。向こうの威力と俺の防御力のどちらが勝るかだけ。

全身を剣戟の雨が撃ち抜いた。地面には次々と穴が穿たれる。

けれど、俺は倒れずに立っていた。

「無傷……だと……？」

ボルトンは信じられないものを見る目をしていた。

「あれだけの剣を受けて、傷一つ受けてないとは……。ジーク。お前、桁外れの防御力にも程があるだろう……！」

「昔から防御力には自信があるんですよ」

「なぜ危険なパリイを躊躇（ちゅうちょ）なく行えるのかと思っていたが……。なるほどな。その防御力があれば多少の傷くらいは怖くないってわけか」

ボルトンはそう言うと、ため息をついた。

剣を腰に収める。

苦笑を浮かべると首筋をぽりぽりと掻いた。

「――ハッ。完敗だ。こりゃいくら戦っても俺に勝ち目はねえ」

「では、雇って頂けますか？」

「ああ。お前がいれば、これほど心強いことはないからな。今日からは仲間として俺たちとこの街を守ってくれ」

差し出されたゴツゴツとした手を握り、俺たちは握手を交わした。

……ふう。取りあえず、職を得ることはできたみたいだ。今日からはこの街を守るための衛兵として尽力するとしよう。

第三話　歓迎会と元仲間たちの動向

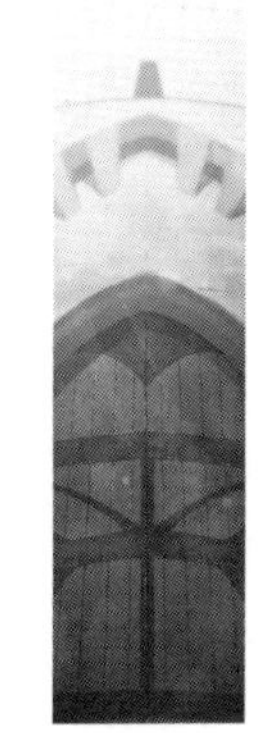

衛兵に採用された日の夜。

俺はボルトンに連れられて街の大衆酒場へとやってきていた。

曰く――採用を祝して呑もうということらしい。

断る理由もなかったので、付き合うことにした。

酒場には人が多かった。

だが、その割には活気づいているということもない。

皆、辛気くさいというか、疲れ切ったような表情だ。一般市民にもかかわらず、身体中に傷を負っている者も多くいた。

「この街には生傷が絶えない。盗賊、山賊、魔物の軍勢……。どいつもこいつも引っ切りなしにやってくるからな」

「門は警備しているし、石壁の上空には結界も張っているんでしょう?」

街には通常、魔物を打ち払うための結界が張られていた。そのおかげで空を飛ぶことのできる魔物の侵入を防ぐことができる。

「もちろんだ。だが、何しろ数が多いからな。とても間に合わねえ。せっかく張った結界も打ち破られちまう」

ボルトンは苦々しげに言った後、俺を見た。

「だが、お前が入団してくれたおかげで何か変わるかもしれねえ。ジーク。お前の働きには期待してるからな」

「ええ。団長の顔に泥を塗らないよう頑張ります」

「よし。それじゃ乾杯だ」

俺たちは互いに運ばれてきたビールを手にすると、杯を交わし合った。

ジョッキになみなみと注がれたそれを一息に呑むと、喉に程よい苦みが駆け抜けた。

誰かに期待されるのは本当に久しぶりのことだった。

パーティにいた頃は蔑ろにされてばかりだったから。

ずっとゴミ虫を見るかのような目を向けられていた。

「お前、元はBランクの冒険者をしてたんだろ？　そのまま続けてれば今よりずっと金も稼げてただろう。なんで辞めたんだ？」

酒が回ってきた頃にボルトンが切り出してきた。

「何というか、事情がありまして……」

普段だったら、言葉を濁していたかもしれない。

けれど、俺もまた酒が入っているからか、打ち明けてもいいかと思った。隠していてもいずれバレることだろうしな。

「ボルトンさんは【紅蓮の牙】というパーティをご存じですか？」

「――ああ。聞いたことがあるぜ。何でも火力が自慢のパーティらしいな。エストールの街では知らない奴はいないとか」

「俺はそのパーティをクビになったんですよ。火力がないからって理由で」

「ああ？　マジかよ」

「ええ。マジです」

　ボルトンはしばらく黙りこくった後、

「――ハッ。連中もバカなことをしたもんだ」

　と笑いながら、吐き捨てるように言った。

「実際に対峙したからこそ分かる。連中が活躍することができてたのは、お前のその圧倒的な防御力があったからこそだろ。お前が矢面に立って魔物を引き受けたからこそ、奴らは思う存分戦うことができた。そんなことも分からねえとはな。【紅蓮の牙】と言っても大した連中じゃないらしい」

「はは……。そうですかね」

　と俺は苦笑いを浮かべる。

「言っておくが、世辞じゃねえぞ。俺はそんなに器用な男じゃねえ」

「それは何となく分かります」

　ボルトンは一息にビールを飲み干すと、ニヤリと笑った。

「だが、連中もお前がパーティを抜けてから気がつくんじゃねえか？　自分たちがいかにお前に助けられてたかってな」

「だと良いんですけどね」

「まあ、今更返して欲しいと言われても、返しはしないけどな。お前はこの街で俺たちと衛兵として薄給で馬車馬のように働くんだからよ」

「今からでも出戻ろうかな……」

「──ハッ。逃がすかよ」

ボルトンは俺の肩に腕を回すと、がははと陽気に笑いかけてくる。

ないとは思うが、もしパーティの連中が戻って来いと言ってきたとしても、俺はきっと首を縦に振ることはないだろう。

俺はこれから、この街で生きていくのだ。パーティのメンバーではなく、今日からは街の人々をこの身で守っていくから。

◆

「クソッ……！　何でだよ！」

エストールの街の外れにあるダンジョン。その最深部。

紅蓮の牙のリーダー、ナハトは魔物の群れを前に吐き捨てるように叫んだ。

「魔物どもが急に強くなりやがったのか……!?　今までみたく戦えねえ……！」

「前までは隙だらけだったくせに、今はしっかり反応してくるし。何なのこいつら。以前とはまるで別個体じゃない！」

「……弓も避けられちゃう。あり得ないし」

魔法使いのハルナ、そして弓使いのイレーネも苦言を呈する。

パーティの面々と対峙する魔物の群れ――以前の彼らであれば、何の苦もなくあっさりと討伐することができていた。

なのに、今回は全くそうはいかなかった。

これまでが嘘のような苦戦を強いられていた。

「ねえ。これ、もしかしてジークがいなくなったせいじゃないの？」

とぽつりとハルナが漏らした。

「ジークがパーティを抜けてから、あたしたち、苦戦してばかりじゃない。なら、ジークが原因としか考えられない」

「だよね。あの人、トロいから攻撃が当たりまくってると思ってたけど、本当はうちらを庇うためにしてくれてたんじゃ……」

「そんなわけねえだろうが！　バカ言うんじゃねえ！　あいつはただのでくの坊だ！　俺たちを助ける力なんてあるか！」

「ちょっ！　大声出さないでよ！　魔物が……」

「うわっ。囲まれちゃったし。……これもう、先に進むのは無理じゃない？　一旦、街に引き返した方がいいって」

「くそっ……！　仕方ねえ！　退くぞ！」

ナハトは苦渋の決断を下すと、ダンジョンから引き返した。

迫ってくる魔物の群れに背を向けると全力で走り出す。

「俺たち【紅蓮の牙】が任務をこなせずに撤退することになるとは……！　こんな屈辱は生まれて初めてだ……！」

敗走するナハトのその表情は、苦渋に満ち満ちていた。

第四話　初めてのお仕事

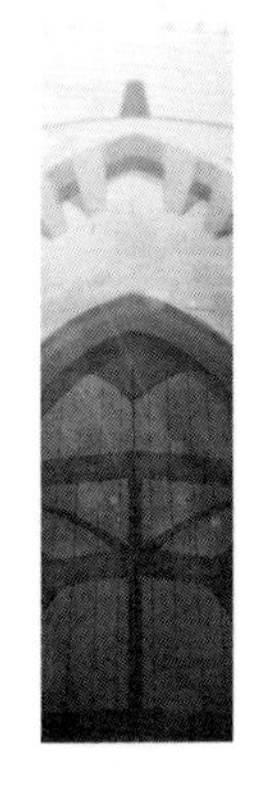

今日からは、衛兵として勤務することになっていた。

衛兵団が所持する寮の固いベッドの上で目を醒ます。

窓の外にはまだ日が昇っていない。

――さてと。出勤前に一汗掻いておくとするか。

俺は部屋から外に出ると日課のトレーニングを始めた。

無心になってひたすら剣を振るう。筋肉トレーニングも怠らない。こうした日々の研鑽が仲間や街の人々を守る力となる。

日課を終える頃になると、ようやく街に朝陽が降り注いだ。――とは言え、大半の人間はまだぐっすりと眠っている時間帯だ。

シャワーで汗を流し終えた後、出勤する。

兵舎に足を踏み入れると、ボルトンが出迎えてくれた。

「おう。来たか。朝はちゃんと起きれたか？」

「ええ。問題ありませんでした」

「――ハッ。やるじゃねえか。お前、結構呑んでたのによ。酒も強いんだな。こりゃ連れ回し甲斐がありそうだ」

ボルトンは顎髭を撫でながらニヤリと笑う。

俺は団長の傍に立っていた衛兵の男を見やる。

「団長。そちらの方は?」

「おお。そうだ。すっかり忘れてたぜ。紹介しておかねえとな」

ボルトンはそう言うと、傍にいた衛兵の肩を持った。

「ジーク。こいつがお前の教育係のラムダだ。衛兵の心得を叩き込んで貰え。まあ、お前なら心配ないとは思うけどよ」

なるほど。

教育係ということは、俺にとっての直属の上司か。

年齢は——見たところ三十半ばくらいだろうか。

全体的に細身で、爬虫類のような顔をしている。

「今日からお世話になります。ジークです。よろしくお願い致します」

「ラムダだ。君の教育係を務めさせて貰うことになってる。とは言え、僕から教えられることなんて殆どない気がするけどね」

ラムダは「はは」と自嘲するような笑みを浮かべる。

「聞くところによると、ジークくんは元Bランク冒険者なんだって?」

「ええ。昔の話ですが」

「いやあ。凄いなあ。きっと才能が違いすぎるんだろうなあ。僕なんて、君くらいの年の頃には全然だったよ」

　ラムダは自嘲と媚びがない交ぜになった口調で言った。

「まあ、今もからっきしなんだけどね」

「はあ」

「おい。朝からシケたこと言ってんじゃねえよ。こいつも困ってるじゃねえか。自嘲する暇があるなら鍛錬の一つでもしろ」

「いやはや。団長の仰る通りです。はは」

　ボルトンに指摘され、ラムダは卑屈な笑みを深めた。

「んじゃ、後は頼んだぜ。――ジーク。何か分からないことがあればラムダに聞け。それでも解決できなきゃ、遠慮せずに俺のところに来い」

「分かりました」

「ではジークくん。持ち場に行きましょうか」

　ラムダはボルトンに一礼をすると、俺を引き連れて詰め所を出た。パタン、と扉が閉まった後のほんの僅かな瞬間だった。

「……ちっ。クソがよ」

　ぼそりと暗い声が漏れ聞こえてきた。

　――え？

　思いがけず覗き込んでしまったラムダの横顔――その目は蛇のように獰猛で、声色には激しい憎悪が込められていた。

「ん？　どうしたの？　僕の顔に何かついてる？」

「い、いいえ。何でも」

「生意気に目鼻耳を付けてるんじゃねーよ、って思われちゃったのかと思ったよ。さすがにそれは勘弁して欲しいからね」

ラムダは元のヘラヘラとした笑みを浮かべていた。そこに先ほどまでの凝縮された悪意のようなものは感じられない。

――さっきのは聞き間違いだったのだろうか？

俺は首を傾げながらも、ラムダの後に続いた。

◆

ラムダに連れられて持ち場へとやってきた。

そこは街の正面門だった。

「我々が今から行うのは、検問だ。街にやってきた者が怪しい者じゃないか。それを判断しなければならない」

ラムダは言った。

「魔族や荒くれ者を通してしまったら、街の人々に危険が及んでしまうからね。この職務はとても重要なものだ」

「了解です」

「――まあ、そんなことはわざわざ言われずとも分かってると思うけどね。こいつ偉そうだなとか思ってない？」

「いえ。全く思ってないです」

「本当かなあ。何しろ、天下のBランク冒険者様だからなあ。衛兵みたいな薄級の仕事を見下してるんじゃないの？」

「職業に貴賤はありませんよ」

「ふーん。ジークくんはできた人間なんだなあ。さすがBランク冒険者。木っ端衛兵の僕とは器の大きさが違うよ」

放たれた卑屈にどう反応していいか分からず、聞き流すことにした。

すると――。

「ちょっと。ジークくん。ここは笑うところだよ？　笑ってくれないと、僕が凄く惨めな男に見えてしまうじゃないか」

「すみません。笑うのは苦手なんです」

特に愛想笑いの類いは不得手だった。

――そういえば、パーティの連中にもノリが悪いと言われてたっけ。任務の打ち上げの宴会の時も笑っていなかったから。

顔に出ないだけで、俺自身は楽しかったのだが。

「無愛想なのはダメだよぉ？　世の中、出世に必要なのは実力より愛想だからね。それにコネが加われば無敵だよ」

と持論を語るラムダ。

「話が脱線しちゃったね。検問の話に戻るけど、街にやってきた人たちにはまず許可証を持っているかどうかを確認する。商人であればまず確実に持ってるね。まあ、中には偽の通行許可証を作って持ってくる人もいるんだけど」

中々、手が込んでいるな。

それだけのリスクを冒してでも進入する価値があるということか。

「許可証を持っていない場合だけど、その場で門前払いするってわけじゃなく、危険人物じゃないと判断できれば入場することができる。ただ、一般の人たちの中に魔族やお尋ね者が紛れ込んでる可能性があるから、そこは慎重に見極めなければならない。来訪目的を聞いたり他の街から回ってきた指名手配書を参照したりしてね。——どう？　ここまでで何か分からなかったことはある？」

「大丈夫です。問題ありません」

「さすが。飲み込みが早いね。まあ、口で説明するより実際にやってみた方が早いよ。僕といっしょに検問をしてみようか」

「はい」

◆

俺はラムダと門を挟んで左右に並び立つ。

これが記念すべき初の職務。

怪しい奴を街の中に入れるわけにはいかない。

そう気合いを入れていたのだが――。

「思っていた以上に人が来ないな……」

門の前に立ち始めてから早二時間ほどが経過していた。

にもかかわらず、この街を訪れた者は未だに一人もいなかった。今のところはただ門前にぼうっと突っ立っているだけだ。

「まあ、この街は世界でも有数の危険地帯だからね。商人も護衛を雇う依頼料が高くて割に合わないという理由で余り足を運ばないし、一般の来訪者となれば尚更だ。職を求める冒険者がたまに訪れるくらいかな」

「そういうものですか……」

「ジークくんもここに来るまでは大変だったんじゃないかい？　魔物の群れに襲われたりしなかった？」

「ええ。確かに道中、何度も襲撃は受けましたが……。取り立てて、苦戦したということはありませんでした」

ここに来る途中、異常なほど魔物に襲われた。

幸いにも強さ自体は大したことがなかったから良かったが、対処が面倒だった。

都度足を止めさせられたからだ。

そういえばエストールから王都アスタロトに馬車で向かおうと思っていたが、どの御者にも拒否されてしまったっけ。

王都アスタロトに向かうには多大な危険が伴う。

どうしても向かいたいのなら、護衛を雇う分のお金と割り増し分を払えと。

提示された金額はぼったくりとしか思えないほどの高額であり、パーティをクビになった俺には到底払えないものだった。

なので、遠路はるばる徒歩で来たというわけだ。

「苦戦しなかったって……。この辺りの魔物、結構強かったと思うけど。やっぱり、元Bランク冒険者は違うなあ」

ラムダは苦笑交じりにそう口にした。

「いやあ。でも、君みたいに強い人がどうして衛兵なんかになったのか気になるなあ。もしかして何か事情があったり?」

相手の傷口を覗き込もうとするような探る口調。

しかし、別に俺はそれを傷口だとは思っていない。

もうそれはカサブタになった後だったし、ボルトンにも話したことだ。だから俺は何も隠すことなく打ち明けることにした。

「所属していたパーティをクビになったんですよ。そのパーティは有名だったから、そこに捨てられた俺を拾ってくれるところもなくて。困っていたところに、冒険者ギルドの人がこの衛兵の仕事を紹介してくれたんです」

「あらら。パーティ、クビになっちゃったんだねえ」

ラムダの目に悦びの色が浮かんだ。

「せっかくBランク冒険者にまで上り詰めたのに、落ちぶれちゃったんだね。人生ってのはつくづく何が起きるか分からないよねえ」

どことなくニヤニヤしているように見える。

……何がおかしいのだろうか？　それとも元々彼はこんな顔なのだろうか？

あるいは俺に秘めたるユーモアの才能があるのか。

だとすれば思わぬ才能を見つけてしまったな。

「──おっと。誰か来たみたいだね」

ラムダの呟きに顔を上げると、前方から馬車が近づいてきていた。

御者台にて馬の手綱を引く者が一人。

その周りに護衛と見られる者たちが三人。

計四人の来訪者たちが門の前に辿り着いた。

「今日はどのようなご用で？」

「物資を届けに来た」

「許可証をご提示願えますか？」

「ああ」

御者台に座っていた男は被っていたローブを脱ぐと、荷台から許可証を取り出す。それをラムダに手渡した。

ラムダは許可証に目を落とした。

「うん。確かに通行の許可は出ているようだ。あなたがパルス商会のギースさん？」とラムダは御者の男に尋ねる。

「ああ。そうだ」

「それでは、念のために荷台の方を改めさせて貰いますね」

「分かった」

ラムダは荷台の方に回り込むと、幌を開けた。

俺も後ろから覗き込む。

荷台には荷物が積み上げられていた。水や食料、日用品の類だ。

「どうやら、怪しいものはなさそうだね」

しばらく荷台を探った後、ラムダは得心したように言った。

「結構です。街に入って頂いて大丈夫ですよ」

「……ああ」

御者の男は頷くと、再びフードを被った。

馬の手綱を引き、動きだそうとする。

「ちょっと待ってください」

俺の言葉に、彼の手が止まった。

「……何だ？」

「申し訳ありませんが、あなた方を街に入れることはできませんね」

「……この男は我々の通行を許可したが？」

「ちょっとちょっと。いきなりどうしたの」

ラムダが俺の下に慌てて駆け寄ってきた。

「ジークくん。この方々は商人だ。事前に来訪する報せも受けてる。それにこの許可証も間違いなく本物だよ？」

「ええ。その許可証は本物なんでしょう。商人の方々が来るという報せも。だけど、その商人と彼らが同一人物とは限りません」

「……どういう意味？」

「恐らく、ここに来る途中に入れ替わっています。本物の商人たちと。彼らは本来ここに来る者たちじゃない」

「入れ替わってるって……」

とラムダは言った。

「え？　じゃあ、本物の商人たちはどこに行っちゃったの？」

「口封じのためにも殺されたでしょうね」

俺がそう言うと、ラムダは目を見開いた。

「そ、そんな荒唐無稽な」

「出任せを言っているわけじゃありません。彼らからは微かに血の匂いがします。それに荷台の中もそうです。注意深く拭き取ってありましたが、濃い血の匂いがしました。冒険者としてこれまでに何度も嗅いできた匂いです。間違いありません」

俺の嗅覚は誤魔化すことはできない。

御者の男たちに目を向けた。

「彼らはここに来る途中の商人たちを襲撃し、入れ替わった。商人の身なりと許可証があれば街中に入ることができるから。彼らの写真なり似顔絵を作り、商会に在籍しているか一度問い合わせてみましょう。そうすれば分かりますよ」

「……ちっ。上手くいきそうだったのによ」

御者の男は忌々しげに舌打ちをした。腰に差していた剣の柄に手を掛ける。

すると、御者や護衛に扮した他の男たちも呼応するように剣を抜き放った。

「お前の言う通りだよ。俺たちは商人じゃねえ。殺して入れ替わったんだ。血の匂いは入念に消したはずなんだがな……。まあバレちまったら仕方ねえ。こうなったら、お前らをぶっ殺してでも中に入ってやらあ」

　連中の目には商人では持ち得ない、明確な殺意が込められていた。

◆

　しかし、まさかこんなに早く戦うことになるなんてな。

　さすがアスタロトの街。噂に聞いていた通りの危険な場所らしい。

「あんたたち、いったい何者だ？」

　俺は男たちに向かって尋ねた。

「商人たちを殺して入れ替わり、街に侵入して何をしようとしていた？」

「素直に答えてやるとでも思ったか？」

　と商人に扮していた男が口元を歪めた。

「今から死んでいく奴を相手に話すだけ無駄だ」

「そうか。なら、捕らえた後でじっくり話して貰うとしよう」

「……抜かせ。青二才が」

「じ、ジークくん。僕は応援を呼んでくるから！　それまで頑張って持ちこたえて！　Bランク冒険者の君ならできるよね!?　それじゃ！」

　ラムダはそう言うと、踵(きびす)を返して一目散に街の方に駆けていった。

……凄い速度だ。あの人あんなに足が速かったのか。

「はっはっは！　ざまあねえなあ！」

男たちはその様子を見てゲラゲラと笑い声を上げた。

「あの男、お前の上司だろう？　なのに部下のお前を置いてさっさと逃げやがった。薄情にも程があるじゃねえか。なあ？」

「ラムダなら、応援を呼びに行ったんだろう」

「本気で言ってるのかよ。だとすればおめでたいにも程があるぜ」

「別に構わないのにな」と俺は言った。

「上司が逃げ出すことがか？　随分と寛容だな。自分の命が懸かってるってのによ」

「いや、他の衛兵の応援なんて必要ないのになと思ったんだ。お前たち程度なら、俺一人でも充分に対応できるからな」

俺の一言に男たちが殺気だった。

「……お前はどうやら、人の神経を逆なでする才能に長けているらしいな。このままだと長生きできないぜ？」

「俺はただ、事実を告げただけだが？」

「……（ぴきっ）」

男たちはこめかみに青筋を浮かべた。

「良いだろう！　あの薄情な無能上司が応援を連れて戻ってきた時、そこには血まみれになって絶命したお前が無惨に倒れてることだろうよ！」

　御者に扮していた男が勢い任せに剣を突き出してきた。

　俺はそれを難なくパリイする。

　力を受け流され、御者の男は重心を崩して隙だらけになる。

　そこに剣の一撃をお見舞いした。

「ぐはあっ……⁉」

　無防備になった胴を一突きされ、御者に扮していた男はなすすべもなく倒れた。その様子を見ていた護衛の男たちはざわついていた。

「ヤンがあんなにあっさりと……！」

「あいつ、かなりの手練れだぞ！」

「こうなったら一斉に掛かれっ！」

　護衛の男たちが三方向に分かれて襲いかかってくる。

　一人目の切っ先を身を退いて躱す。

　向こうは俺の剣の動きを警戒して、すぐさま防御態勢に入ろうとした。なので盾を顔面にぶち当ててスタンさせた。

「がぱっ……！」

　向こうにとっては全く予想だにしない動きだっただろう。

　盾はこういうふうに攻撃にも使えるのだ。

盾を顔面に食らった男の目には星が飛んだことだろう。

続けざまに間合いに切り込んできた男。

彼が剣を振ろうとした時にできた隙を突いて、肩口から腰に掛けて剣で切り裂いた。

「ぐあああ!?」

俺が剣を振るったところを見計らい、最後に残った男が懐に飛び込んでくる。さすがにこれには瞬時に反応することができない。

「よし。獲った――――!」

相手は勝利を確信した表情を浮かべていた。

その瞬間だった。

キィン!

護衛の男が振り抜いたはずの剣は根元から折れていた。少しばかり遅れてから、甲高い音と共に折れた剣身が地面に落ちた。

「は……?　え……?」

護衛の男は狐につままれたような顔をしていた。

理解できない、というふうに目を見開いている。

「今、俺は確かにあいつの首を切り裂いたはずだ……!　なのに……どうしてこっちの剣が折れてるんだ……?」

そこではっとした表情を浮かべる。

「まさか、何か付与魔法でも掛けてたのか……⁉」

「いいや。俺はこの軽装の鎧以外には何も付けてない。付与魔法もな」

「あり得ない！　じゃあ、お前は俺の攻撃を生身で受けたっていうのか？」

「そういうことだな」

護衛の男は青ざめた顔で小さく呟いた。

「もしそれが本当だとしたら、いったいどれだけ頑丈な肉体なんだ……。まるで移動する要塞じゃないか……」

武器を失い、丸腰になった護衛の男の顔に盾を叩きつけた。ぐふっ、と小さく潰れた悲鳴を上げると、男は仰向けに倒れて気絶した。

俺は周囲を睥睨してから、剣を鞘に戻した。

「ふう。思ったより時間が掛かったな」

その時、背後からいくつもの足音が近づいてきた。振り返ると、ラムダが他の衛兵たちを引き連れて駆けつけてくるところだった。

その中にはボルトンの姿もあった。

「ジークくん！　何とか応援を呼んできたよ――って、あれ？　さっきの人たちは？　姿が見えないようだけど……」

「そこに倒れていますよ」

「ええっ⁉　一人で倒しちゃったの？」

ラムダは倒れている男たちを見て驚きの表情を浮かべた。

「マズかったですか？」

「いや。マズいってことはないけどさ。まさか一人で倒しちゃうなんて……。はあ。嫌になっちゃうなあ」

ラムダは困ったように苦笑すると、

「取りあえず、この人たちを連行しようか」

衛兵たちが男たちの拘束に向かった。両手両足を縛り付ける。

男たちは今にも噛みつきそうな目つきで、こちらを睨み付けてきた。

「彼らは何者なんでしょう？」と俺は尋ねた。

「さあな。だが、恐らくこいつらの他にまだ仲間がいるはずだ。監獄にぶち込んで、情報を洗いざらい吐いて貰うとするか」

ボルトンは男たちを見下ろすと不敵な笑みを浮かべた。

「楽しみにしておけ。腹の中に隠してるものを全部、吐き出させてやるからよ」

「バカが……。みすみすお前らなんかに情報を吐くかよ」

男たちはボルトンを見据えながら挑むように言った。

「そうするくらいなら——死んだ方がマシだ」

連中はにやりと笑いながら口を開けると、舌を覗かせた。

そこには——魔法陣が描かれている。

衛兵たちが一斉にどよめきたった。

「マズい！　あれは――爆炎魔法の魔法陣だ！　こいつら、俺たちを巻き込んで一斉自決を図るつもりだぞ⁉」

「くそっ！　止めようにも間に合わない――」

「ははは！　残念だったな！　地獄で会おうや！」

男たちは狂気に満ちた嗤（わら）い声を上げる。

俺たちを巻き込んで仲間の情報と共に爆散する――はずだったのだが、いつまで経ってもその時は訪れなかった。

「何だと……⁉」

本来、起こるはずだった爆発は起こらなかった。

男たちの舌から魔法陣が消滅していく。

男たちも、ラムダも、衛兵たちもその不可思議な現象に呆然とする中、俺以外にはボルトンだけが状況を理解していた。

「ジーク。お前のスキルだな？」

「俺が彼らの攻撃を引き受ければ、彼らは自傷もできませんから」

「連中を『守った』ってわけか。面白い使い方だ」

とボルトンは笑った。

「おう。お前ら。今のうちに連行しちまいな」

「「はい！」」

衛兵たちは抵抗する術を失った男たちを連行していった。

後には俺とボルトン、ラムダだけが残される。

ボルトンはラムダの方を見やると言った。

「ラムダ。お前、応援を呼びにくるのは良いが、ジークを一人置き去りはないだろ。もし何かあったらどうする」

「すみません」

ラムダは平謝りをしていた。

「ったく。まあ、ジークは賊相手にやられるタマじゃねえがな。だが、責任を負うことが上司の仕事だってことを覚えておけ」

「仰る通りです。はい」

「頼んだぞ」

ボルトンがラムダの肩に手を置いて、去っていった後だった。

ヘコヘコとしていたラムダの表情からすっと色が消えた。ボルトンの後ろ姿を冷たい眼差しで見据えながらぼそりと呟いた。

「……うるせえな。覚えておけよ。クソが」

やっぱり、聞き間違いじゃなかった。

悪態をついているのは彼だったのだ。

そして、ラムダは俺が聞こえていないと思って呟いた。

「……新人。君もだからな」

どうやら、俺にもヘイトを向けられているようだ。

魔物からのヘイトを向けられることには慣れていたが、まさか初日から指導役の上司にヘイトを向けられることになるとは……。

これは面倒なことになりそうだ。

第五話　同僚の女性

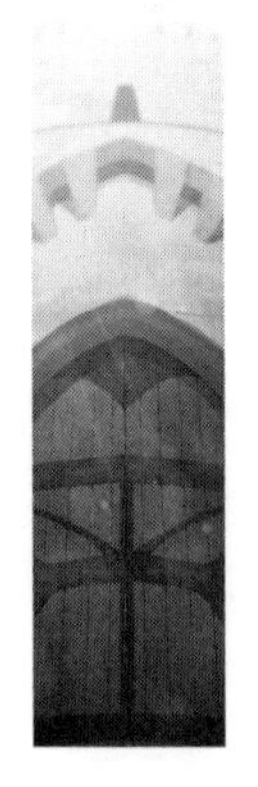

昼休み。俺は兵舎の食堂にて昼食を食べていた。

豆のスープにパン、干し肉という質素なメニューだ。

「こんな飯じゃやる気が出ないよな」

と衛兵の誰かが呟いた。

「貴族や騎士団の連中はもっと良いものを食べてるのによ。俺たちは薄給に加えて、ろくに腹も膨れない飯ときたもんだ」

どうやら待遇に不満を抱いているようだ。

それを皮切りにして方々から愚痴が噴出した。

「騎士の連中は偉そうに命令するだけで、俺たちの半分も働きもしない。プライドだけは人並み以上にありやがる」

「ただでさえ少ない食料は全部上の連中が持って行っちまうしな。その割を食わされるのはいつだって庶民なんだ」

「命懸けで守らないといけないのがそいつらだと思うと、やるせなくなる。いっそのこと他の街で転職しようかね」

「できるならとっくにしてるっての。ここにいるのは他の街じゃもうやっていけないような奴ばかりなんだからよ」

　一度堰を切ると皆、止まらない。

　よほど腹の中に溜まっているらしい。

　……ここにいると、俺まで負のオーラに当てられてしまいそうだ。飯を食べ終えたことだし外に散歩でもしにいくとするか。

　俺は空になった食器を返却口へと運んだ。

「ご馳走様でした」

「いえいえ。お粗末さまでした」

　食堂のおばちゃんはニコニコと微笑む。

「あなた、礼儀正しいわねえ」

「いえ。これくらい当然のことですから」

「おばちゃん。あなたみたいな子は好きよ。うふふ。次からは他の人よりも多めにご飯を盛り付けてあげちゃおうかしら」

　俺はどうもと会釈をすると、食堂を後にしようとする。

　すると、その姿を見た衛兵の一人が声を掛けてきた。

「新人。どこに行くんだ？」

「ちょっと外を散歩してきます」

「最近の若いのは自由だねえ。俺たちが若かった頃は、飯を食べ終えても自分一人だけ席を外すなんてことしなかったが」

「時代は変わったんだよ」

衛兵たちの小言を受け流すと、兵舎の外に出た。

組織というのは色々と面倒なしがらみがあるらしい。

今までずっと冒険者だった俺にとっては初めて経験するものだった。

しばらく歩くと、街の広場に出た。

中央に噴水があり、地面に石畳が敷き詰められている。

噴水の周りを子供たちが走り回っていた。

俺は傍にあったベンチに座ると、その光景をぼんやりと眺める。

しかし、今日はいい天気だな。

雲一つない青空を仰いでいた時だった。

「あの。ジークさんですよね？」

不意に声を掛けられた。

顔を向けると、綺麗な女性が立っていた。

人の良さを感じさせる柔和な顔立ち。腰の高さにまで伸びた艶のある髪。女性にしては背が高くスタイルが良い。

「ええ。そうですけど」

「やっぱり！　お噂はかねてより聞いていました。何でも、あのボルトン団長を一騎討ちで負かしてしまったとか」

「まあ、向こうが全力だったかは分からないが」

「それでも凄いですよ。隊の中でボルトン団長に敵う人なんていませんから。ジークさんはとてもお強いのですね！　私も見倣わないと！」

「えーっと。あなたは……？」

「あ。すみません！　申し遅れました。私はセイラ＝ティアナと申します！　ジークさんと同じ衛兵のものです！」

　ああ、なるほど。彼女は同僚だったのか。

　……しかし、あれ？　見間違いか？

　俺は自分が夢でも見ているのかと思い、目を擦った。けれど、何度目を擦っても、頬をつねってみても、目の前の光景は変わらない。

　彼女は──何と、ビキニアーマーに身を包んでいた。

　守られているのは局部だけで、肌の大半は外気に晒されてしまっている。

　はち切れんばかりの胸やくびれた腰、締まったお尻は太ももは剥き出しだ。それは少々以上に刺激が強すぎる格好だった。

「あの。セイラさんだっけ。昼休みは日光浴をする趣味でもあるんですか？」

「いえ。ありませんよ？」

「えーっと。じゃあ、勤務中もずっとその格好なんですか？」

「はい！　そうです！」

満面の笑みと共に頷いたセイラ。そこには一欠片の羞恥心もない。

「……もしかして、露出癖でもあるんですか？」

「えっ⁉　違いますよ！　私はそんなふしだらな癖はありません！　この鎧を着ているのは単に動きやすいからですっ！」

なるほど、そういうことか——とはならない。確かに通常の鎧よりはずっと軽いし、速く動けるだろう。

「しかし、それだとあまりにも防御力が不安じゃありませんか？」

何せほとんど裸に近い格好である。

剥き出しになった肌に敵の攻撃を食らえば、一溜まりもないだろう。

「大丈夫です！　当たりませんから！　当たらなければダメージはゼロ！　それなら何の問題もないですよね！」

……いや、あると思うが。色々と。目のやり場に困るし。

「その、周りの目とか気にならないんですか？」

「最初は恥ずかしかったですけど、慣れればそうでもありませんよ？」

と言うがこちらとしては一向に慣れそうにない。

それは街の人々としても同じらしい。傍を通りがかった少年たちは、セイラの格好を見ると鼻の下を伸ばしていた。まあ、気持ちは分かる。

「それよりジークさん。私に対して敬語を使わなくてもいいですよ。見たところ、私よりも年上みたいですし」

「セイラはいくつなんだ？」

「私は今年で二十です」

「そうか。なら、そうさせて貰おう」

「はい！　よろしくお願いします！」

その時だった。

広場で遊んでいた少年が石畳に躓いてしまった。こけはしなかったが、手に持っていた風船の紐を手放してしまう。

「――あっ！　風船が！」

慌てて手を伸ばそうとするが、届かない。

遠ざかって行く風船を眺めながら、少年は泣きそうな顔をした。

気づいた時には、俺の隣にいたセイラが駆け出していた。

「――はっ！」

彼女は石畳を蹴り、高らかに跳躍すると、空に浮かんだ風船の紐を掴んだ。そのまま鳥のように軽やかに着地する。

「はい。どうぞ」

とセイラは微笑みと共に少年に向かって風船を手渡した。

「もう紐を放してはいけませんよ」

「お姉ちゃん。ありがとう……」

「ふふ。どういたしまして」

　セイラは少年に手を小さく振ると、俺の下へと戻ってくる。

「この格好だと、街の人たちが困っていたらすぐに駆けつけることができます。だから私はこれでいいんです」

　彼女は良くても、風船を受け取った少年は顔を赤らめていた。いたいけな少年の性癖を歪めてしまった自覚はないらしい。

「あ、セイラさんだ」

「今日も頑張ってるなあ」

　通りがかった街の人たちはセイラに気づくと、気さくに声を掛けてきた。セイラはそれらの声に一つ一つ丁寧に返していた。

　彼女はどうやら、街の人気者らしい。

「セイラも何か事情があって衛兵に？」

「事情というと？」

「この街の衛兵になった連中は、皆、他の街ではやっていけなくなって、最終的にここに流れ着いたのが多いだろう」

　かくいう俺もその一人である。

「いえ。私はそのような事情は特に。ただ、皆さんのお役に立ちたくて。それにこの街には秘宝がありますから」

「光のオーブのことか？」

「あれはかつて勇者様が魔王を倒すために使用した秘宝です。そして今は魔王を封印する楔でもあります。魔物の手に渡すわけにはいきません。世界中の人たちを守るために私は衛兵を志願したんです」

「………………」

「？　ジークさん？　どうかしましたか？」

「いや。凄いなと思って。この街の衛兵は擦れてる奴ばかりかと思っていたから。セイラの高い志が眩しく見えたんだ」

「いえいえ！　私なんてまだまだですよ。志に見合うだけの強さもありませんし。ジークさんのような力を身につけないと！」

セイラはむんと胸を張って意気込んでいた。デカい。

「ところで、ジークさんはラムダさんに指導して貰ってるんですよね？」

「ああ。そうだが」

「……あの、気を付けてくださいね。あの人にはよくない噂があるので」

「よくない噂？」

「実はラムダさん、新人の方をこれまで何人も辞めさせてきているんです」

「そのこと、ボルトン団長は気づいてるのか？」

「ラムダさんは上司の前ではボロを出しませんから。それに新人が辞めるのも、ここでは当たり前のことなので」

「それはそれで問題がある気がするが……」

　労働条件の見直しをするべきなのでは？

「とにかく、忠告ありがとう」

「何かあったら、私にも相談してくださいね。力になりますから。この街を守るためにもいっしょに頑張りましょう！」

　セイラは俺の両手を取って、力強い口調で言った。

　……この子は天使のような性格だが、無防備だな。色々と。

第六話　嫌がらせ

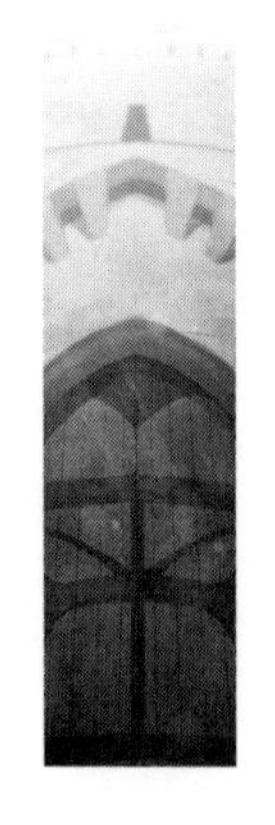

午後からも門番として検問の仕事にあたった。

門の前には何人かの商人と旅人が訪れた。

商人は許可証を持っており、旅人は身元を検査したが怪しい者ではなかった。ハープを持った彼は吟遊詩人らしかった。

そうしている内に日が暮れようとしていた。

一日の終わりを告げる鐘の音が鳴り響いた。

「よし。じゃあ、そろそろ引き上げようかな」

とラムダは踵を返した。

俺もその後に続こうとした時だった。

「——おっと。ダメだよ。ジークくんはここにいてくれないと。夜の間も、門前を無人にしておくわけにはいかないからね」

「夜警の方と交代じゃないんですか？」

「今日はどうしても用があるとかで、シフトを代わってあげたんだ。だから夜警も僕たちが担当することになってるの」

「ラムダさんは？」

「僕もちょっと外せない用があるんだよ」

ラムダは言った。

「それにほら、ジークくんは元Bランク冒険者でしょう？　僕なんかいなくても、一人で充分やっていけるよね？」

「しかし、勝手にシフトを抜けるのはマズいんじゃないですか？」

「大丈夫。バレないよ。ジークくんが告げ口をしなければね。まあ、もししたとしても誤魔化しはいくらでも利くけど」

ラムダはそう言うと、にやりと笑って俺を指さしてきた。

「言っておくけど、サボっちゃいけないよ？　もし街の中に魔物や悪党の侵入を許したら僕たちの首が飛ぶからね」

「はあ」

「あ。今、きっとジークくんはこう思ったでしょう。このクソ上司。俺に押しつけて自分はサボるのかよって」

「別に思っていませんが」

「ホントぉ？　嘘ばっかり」

「そう思うということは、ご自身でも自覚があるということじゃありませんか？」と俺が指摘すると、彼の表情から笑みが消えた。

「……君さあ。ちょっと腕があるからって。そういうところよくないな。もっと可愛げがないと上手くやっていけないよ?」

「ご忠告ありがとうございます」

俺は言った。

「ただ、お言葉を返すようですが。この仕事に必要なのは可愛げよりも、街の人たちを守るための力だと思いますが」

「はあ……。上司に楯突くなんてさあ……。君、社会経験ないの?」

ラムダは醒めた目で呟いた。

「新人はこれくらいやって当然なんだからね? 僕が新人だった頃は、ジークくん以上に働かされたもんだよ」

だから今、その分のツケを回収しているのだろうか?

何にせよ、その人の周りだけの偏見を常識として押しつけられても困る。

常識とは絶対的に正しいものではなく、多数派の偏見のコレクションでしかない。誤りは誤りと指摘していかなければ。

「僕も定期的に様子を見に来るからさ。君がサボったり、休憩したりしていたら、その時は容赦なく注意するからね」

ラムダはニヤニヤしながらそう言うと、先に引き上げていった。

これは後に分かったことだが、ラムダは夜警の人たちのシフトを引き受ける代わりに報酬金を受け取っていたそうだ。

端から俺一人に仕事を押しつけるつもりだったわけだ。

――もしかして彼は、夜通し門番をさせるのを嫌がらせだと思っているのか？　精神や足腰が持たなくなってしまうと？

……まさか、な。

いくら何でもそれはあり得ない。

なぜなら、この程度は俺にとっては何でもないことだからだ。

一日どころか、一週間ずっと立っていろと言われても問題ない。

一人になった俺は、これまでと同じように門番の仕事に従事した。むしろ一人の方が気を遣わなくていい分、楽なくらいだ。

時間は淡々と過ぎていった。

途中、何度かラムダが様子を見に来た。

「ジークくん。もしかして、今、サボってたんじゃないの？　僕が来たから、慌てて仕事をしてるフリを繕ったんじゃない？」

「いえ。問題ありません」

「こっちはそういうの、全部お見通しなんだからね。気を抜いちゃダメだよ。僕はちゃんと見てるんだからね」

お見通しも何も、そもそもサボっていない。

それにちゃんと見ているとラムダは言っていたが、日付が変わって以降は、一度も姿を見せることはなかった。

辺りに気配も感じられない。

やがて、門前から見える山の稜線に朝日が昇り始めた。

徹夜明けの目には眩しい。

その内、街が目覚め、人々が活動し始めるのが分かった。しばらくした頃、背後から近づいてくる足音があった。

ラムダはニヤニヤしながら俺に声を掛けてくる。

「ジークくん。おはよう」

「おはようございます」

「僕がいないのを良いことに、サボってないだろうね？　――って、うわっ⁉　何だいこれは⁉」

ラムダは門の周りに倒れた魔物の群れたちを見て、声を上げた。

「ああ。昨夜、魔物が襲撃してきたんです。返り討ちにしておきました」

「こ、これだけの数をたった一人で……？」

ラムダは息を呑んでいたが、すぐに表情を取り繕うと――。

「だ、ダメじゃないか。魔物の襲撃があったなら、他の衛兵たちに知らせないと。報連相は社会人としての基本だよね？」

「はあ」

「少々腕が立つからと言って、そういう部分を蔑ろにするようじゃまだまだだよ。社会人としては落第と言わざるを得ないな」

ラムダはチクチクと刺すようにそう言うと、

「さあ今日も業務を始めるとしよう」

とわざとらしく元気に言い放った。

「……彼は徹夜明けで心身共に限界を迎えているはず。後は散々振り回して、へばったところを詰めれば折れるな」

その後、俺は昨日と同じようにラムダに付いて業務を行った。

門番の業務に引き続き、城壁の警護、街中の見回りなどをこなす。

いくら経っても顔色一つ変えない俺に違和感を覚えたのだろう。

ラムダは戸惑ったような表情で尋ねてきた。

「ジークくん。君、随分と元気だね。夜警明けなんだろう？　本当は今にも倒れそうなんじゃないのかな？」

「いえ。全然。後一週間くらいは大丈夫だと思います」

「く、くそっ……」

ラムダは自分の嫌がらせがまるで効いていなかったことが応えたのか、ピクピクと顔を引きつらせていた。

この人、面倒臭いなあ……。

そう辟易していた俺だったが、この時はまだ、彼がもっと大きなことを引き起こすとは夢にも思っていなかった。

◆

それから一週間あまりが経過した。

ラムダからのちまちまとした嫌がらせは依然として続いていたが、俺にとってはどれも特に堪えることはないものばかりだった。

パーティにいた時の方がよほど苛烈な仕打ちを受けていた。

衛兵の人たちは俺に対して、

「一週間経っても残ってるのは最近の新人の中だとトップだな。皆、一日や三日くらいで尻尾を巻いて逃げ出すのに」

と驚いているようだった。

この仕事の定着率、悪すぎるだろ。

それは改善していこうよ。

この頃になると一通りの仕事は自分でこなせるようになっていた。

「ったく。お前の覚えの速さには驚かされるぜ」

ボルトン団長はそう言って褒めてくれた。

門番としての検問、城壁の警備、夜警としての街の巡回。ラムダがことごとく俺に仕事を押しつけてくることの思わぬ副産物だ。

「お前がいれば、強盗団も捕まえられるかもしれねえな」

「強盗団ですか？」

「ああ。お前が来る前から、王都では強盗事件が多発していてな。人手が足りないこともあるんだが、いつも警備の目を掻い潜られちまう。そのせいで、俺たちは税金泥棒だと街の連中から袋叩きにされそうな勢いだ」

「それはマズいですね」

「だが、ジーク。お前がいれば連中を捕まえられるかもしれねえ。俺はこう見えてもお前のことを買ってるんだぜ？」

期待には応えたいが、連中の足取りを掴めなければどうにもならない。だが、このまま放置しておくわけにもいかない。

今日も俺は門番として検問にあたっていた。

やってくる訪問客たちの身元を改めていく。

日が暮れかける頃、旅の一行が訪れた。

俺が検問に向かおうとしたその時だった。

「ジークくん。ここは僕が引き受けるよ」

珍しくラムダが先陣を切って出ていった。

「？　分かりました」

俺はそう応えると、ラムダに検問を任せた。

数分もしない内に、旅の一行たちの検門は終わった。

彼らは街に向かおうとする。

俺は思わずラムダに声を掛けていた。

「随分と早かったですね」

「え？　そうかい？」

「彼ら、許可証を持っていませんでしたよね？　であれば、他の街から回ってきた手配書と照合した方がいいのでは？」

「大丈夫だよ。心配しなくても。彼らはこれまでに何度か来たことがあるし。その時は何の問題も起こさなかったから」

「ですが、念には念を入れた方がいいかと」

「いいんだよ。僕が全部、責任を取るからさ。……それに後輩の君が、先輩の僕のやり方にケチを付けるのはよくないよ」

およそ責任という言葉からは程遠いラムダから出た言葉に違和感を覚えたが、これ以上は追及しても無駄だろう。

この場は引き下がることにした。

日が暮れきった頃、一日の終わりを告げる鐘が鳴った。

しかし、俺たちの業務はこれで終わりではない。

今日は引き続き夜警の仕事が入っていたからだ。

これまたラムダが他の衛兵たちのシフトを引き受けたらしい。

「さあ。ジークくん。夜警に行くとしようか」

「今日はラムダさんもいっしょなんですか？」

「おいおい。その言い方だと、まるで僕がいつもサボってるみたいじゃないか。君の教育のためにしてあげてるんだよ？」

物は言いようだな、と思った。

まるでじゃなく、いつもサボってるじゃないか。

俺たちは夜警として街を巡回することに。

松明を手にすると、怪しい者がいないか夜の街を歩き回って見ていく。最近は強盗事件が多発しているから注意しなければ。

「ジークくん。次はこっちの路地に行こうか」

ラムダに先導されて、路地へと入り込んだ。

闇に覆われたその場所には、月明かりと手にした松明以外に光はない。海の底のように誰の目にも留まらずに静まり返っていた。

奥に踏み出そうとしたその時だった。

辺りに人の気配があるのを察知した。

……ん？　これは……俺たち以外に誰かいるのか。

次の瞬間、物陰から影が勢いよく飛び出してきた。

闇夜の中に鈍い光が閃いた。

あれは――短剣か⁉

そいつは手にしていた短剣を俺に向かって突き刺そうとしてくる。

月の明かりに照らされ、闇を走る剣先。

それは直撃する寸前で身を退いた俺の頬を掠めていった。

「……躱されただと？」

相手は俺の反応速度に目を見開いていた。

俺が迎え撃とうと腰に差していた剣を引き抜こうとした時だった。

背中に強い衝撃が走った。

少し遅れて、後ろから斬りかかられたのだと理解する。

――誰かが現れたような気配はなかった。瞬間移動したのか？　だとしても俺が全く反応できないのはおかしい。

いや、違う。そうか。

後ろからいきなり現れた敵に斬りかかられたわけじゃない。最初から後ろにいた奴が俺に斬りかかってきたんだ。

背後を振り返ると、そこにはニヤついた表情を浮かべたラムダが立っていた。

「ラムダさん……あんた、何の真似だ？」

「ジークくん。君には今日、ここで死んで貰うよ」

ラムダは口元を歪めた。

その背後には三人の黒い影が立っていた。月明かりによって浮かび上がった――彼らの顔には見覚えがあった。

「こいつらは……昼間の……！」

昼間、やってきていた旅の一行だった。

「最近、この街では強盗事件が多発しているだろう？　彼らはその犯人たちさ。僕が彼らの裏で糸を引いていたんだよ」

ラムダは両手を開けながら、高らかに演説をするように言う。

その口調は夜にあてられてか、浮ついていた。

「僕が彼らに協力する代わりに、彼らは僕に得た金品の一部を払う。僕たちは共通の利害によって動いているんだ」

なるほど。道理で犯人の糸口が掴めなかったわけだ。

衛兵であるラムダの協力があれば、警備の隙も把握できるし、衛兵たちを別の場所に誘導することもできるだろう。

だが――。

「……あんた、自分のやってることが分かってるのか？」

「もちろんだとも。ジークくん。世の中、綺麗事だけでは渡っていけないんだよ。奪う者にならなければ、奪われる者になるだけさ」

ラムダは自分に酔ったように嗤っていた。

「君は調子に乗りすぎた。その結果、死ぬことになる。団長には、君が激務に耐えかねて逃げたと報告しておくよ」

もしかすると、とふと思った。

これまで去って行った新人の内の何人かは、ラムダに消されたのかもしれない。奴は気に入らない者をこうして何度も葬り去ってきた。

可能性としては充分にあり得るだろうと思った。

「……ラムダ。あんた、何か勘違いしてるみたいだな」

俺は奴を見上げながらそう呟いた。

ラムダははっとバカにするように鼻を鳴らした。

「勘違い？　僕がいったい何を勘違いしてるっていうんだい？」

「ここで終わるのは俺じゃない。あんただってことをだよ」

俺はそう告げると、ラムダの方を見やる。

奴は驚愕（きょうがく）の面持ちを浮かべていた。

「なっ……!?　バカな……。僕は確かに背中を切った。動くことはできないはずだ……！」

「他人に頼らないと悪事の一つも起こせない奴のなまくら刀なんて効かない。そんなことも分か

らないのか？」

俺は腰に差していた剣を、今度こそ引き抜いた。

「今まではあんたが上司だったから素直に従っていたが、あんたが悪党に成り下がったと分かった今は別だ」

そして、奴の顔に向かって剣先を掲げて告げる。

「俺は街を守る衛兵として、街を脅かす悪党に加担したあんたをぶっ倒す。一切の手加減はしないから覚悟しろ」

◆

「くっ……！」

俺に剣を突きつけられ、ラムダの目には怯えの色が滲んでいた。

しかし――。

その背後から笑い声が聞こえてくる。

「きひひっ。ラムダ。もうこいつ、殺しちゃおうよ」

「俺たちがいれば、衛兵の一人くらい楽勝だっての」

「そうだよ。とっとと水路の底に沈めちまおうぜ」

強盗団の連中はニヤニヤと余裕めいた笑みを浮かべていた。

ラムダはその声にあてられ、次第に落ち着きを取り戻した。

「そ、そうだ。何も臆することはない。こっちには夜戦のスペシャリストがいる。彼らが負けるはずなんてない……！」

そう自分に言い聞かせるようにブツブツと呟いていた。

にやりと下劣な笑みを浮かべると、俺を指さしてくる。

「ジークくん。やっぱり終わるのは君だよ。元Bランク冒険者としてのその慢心が、死を招くことになるんだ」

ラムダは思い違いをしている。

これまでに俺は一度たりとも、肩書きを鼻に掛けたりしたことはなかった。

奴とは根本的に考え方が違うのだ。

「二度とその生意気な口を利けないようにしてあげるよ。……ふふふ。その顔が恐怖に歪むのを見るのが楽しみだ」

「あんたが直接、手を下せばいいだろう。そいつらを使わずに」

「上の人間は、自分の手を汚したりはしないんだよ。覚えておくといい。とは言え、すぐに死ぬのだから意味もないけどね」

ラムダは分かったような口を叩くと、

「さあ！　あの衛兵を殺してしまおうじゃないか！」

と強盗団の連中をけしかけた。

「きひひっ。もう待ちくたびれちまったよ。俺のナイフがずっと、血を吸いたいって駄々をこねてきて困ってたんだ」

三人の中で一番小柄な男が、ナイフを舐めながら嗤った。

ネズミのような顔。爪楊枝のように細い目。

全身に拭いきれない血の匂いが纏わり付いている。

「じわじわと時間を掛けてなぶり殺しにしてやるよ。まずは指、その次に四肢、最後に首を掻きってやる。次第に迫る死の恐怖に怯えな！」

ネズミ男は地面を蹴ると、高らかに跳躍をした。

狭い路地の建物と建物の間を、バネのように高速で飛び回る。

縦横無尽に黒い影が走っていた。

「きひひっ！　俺様の動きに付いてこられないだろ！　このままお前は何も分からず、気づいた時にはあの世だ！」

それまではランダムに飛び回っていたのが、突如、動きが変わった。

俺が立っている場所に向かって、真っ直ぐに向かってくる。

奴が間合いに入り、短剣を振り抜こうとした時だった。

キィン！

そのタイミングに合わせて、俺は盾でパリイした。

「なっ……!?」

小柄な男は完全に重心を崩され、隙だらけになっていた。

俺はすぐさま、奴の脚を剣で切った。

「ぐあああぁ！」

腱を断ち切ると、ネズミ男はその場に崩れ落ちて悲鳴を上げた。脚を押さえながら石畳の上をもんどり打っている。

「自慢の脚も、これで二度と使えなくなったな」

俺はそう告げると、残りの連中の方に向き直った。

「さあ。次はどいつが来るんだ？」

「「……っ！」」

あっさりと一人を仕留めたことで、残りの強盗団の連中に戦慄が走った。

さっきまで浮かべていた余裕の笑みはかき消えていた。

このままでは呑まれてしまうと思ったのだろう。

「うおおおおおっ！」

一番大柄の男が大槌を手に襲いかかってきた。人の背丈ほどあるそれを振りかぶり、俺の脳天目がけて振り落としてくる。

だが――それを片手で受け止めた。

ぴたり、と。

向こうがどれだけ力を入れても、びくともしない。

「なっ……！」

「どうした。その程度の力だと、俺は潰せないぞ」

「ぐおおおっ！」

「――ふんっ！」

俺は力を入れると、大槌をひねり上げた。

柄を持っていた大柄な男の両腕は、本来は曲がらない方向にねじ曲げられた。両腕の骨が粉々に砕けたのだろう。

「ぐうううううっ……！」

大柄な男は走った激痛に蹲ると、悲鳴を上げていた。

こうすれば怪力も形無しだ。

「ひいいいいいいいっ！」

その光景を見ていた最後の一人は踵を返して逃げ出した。

「仕掛けてきたのはそっちだろう。なのに、みすみす逃がすと思うか？」

俺は足元に落ちていた短剣を拾い上げると、男を目がけて投擲した。真っ直ぐに飛んだ剣先は奴の右足を勢いよく貫通した。

「うぎゃあ！」

男は足を貫かれ、べちゃりと石畳の上にうつ伏せで倒れ込んだ。

俺は続けざま、大槌を宙に向かって放り投げる。それは回転しながら弧を描くと、遠く離れた男の頭蓋骨を陥没させた。

「ビンゴ」と俺は呟いた。「中々のコントロールだな」

一応、まだ息はあるようだ。

ぴくぴくと死にかけの虫のように身体を震わせている。

「さて、残りはラムダ——お前だけだな」

強盗団の連中を片づけると、俺はラムダの方を見やった。

「ひっ！　ひいいっ！」

ラムダは青ざめた顔になると、その場に尻餅をついた。俺がゆっくりと近づくと、奴はズリズリと後退していった。

だが、やがて、奴の背中は建物の壁にぶち当たった。

壁際に追い込まれる。

すると、奴は突如、額を地面にこすりつけて叫んだ。

「ま、参った。僕の負けだ！　許してくれ！」

先ほどの威勢の良さはどこへやら。

ラムダは俺の足に縋り付いてきた。

「じ、実は僕は奴らに脅されてただけなんだ。そうだよ。僕は被害者なんだ。ジークくんのおかげで助かった」

「勝てないと悟るや否や、強盗団に責任転嫁をして命乞いか。……ラムダ。あんた、本当にどうしようもないな」

　俺はため息をついた。

「残念だが、たとえこの場を乗り切ることができたとしても、もうすでにあんたお得意の弁舌で誤魔化せる状況じゃない。強盗団とあんたは利害で繋がっただけの関係だ。正直に話せば罪を軽くするとでも強盗団の連中に吹き込めば、連中は喜んであんたとの繋がりを露呈してくれることだろう。そうなれば、加担したあんたは一生牢獄の中。下手をすれば処刑ということもあり得る。もう詰んでるんだよ」

「た、頼む。僕のことを見逃してくれ。一生牢獄の中は嫌だ。お願いだ。ジークくん。僕にできることなら何でもする！」

「……何でも？　あんた、今、何でもって言ったか？」

「も、もちろん。欲しいのは何だ？　金か？　女か？　靴でも舐めれば良いか？　君への忠誠の証として喜んでするよ？」

「そうだな。じゃあ……」

　俺が考え込む仕草を見せると、ラムダはぱあっと表情を輝かせた。俺は奴の目の前に垂らした希望の糸を断ち切るように言う。

「自分の犯した罪としっかり向き合え」

「――っ！」

　ラムダのこめかみに青筋が浮かび上がった。

「ば、バカにしやがって！　お前だけは僕がぶっ殺してやる！」

怒りに我を忘れたように、剣を引き抜くと俺に斬りかかろうとする。

俺は右拳を握り込むと、奴の顔面に叩きつけた。

「べぶっ……！」

鼻の骨がひしゃげるような感覚があった。

ラムダは背後にあった建物の壁へと叩きつけられる。地面に倒れると、白目を剥き、口から泡を吹いて動かなくなった。

俺はそれを見下ろしながら告げた。

「あんたみたいな小物、剣を抜くだけの価値もない。……精々、冷たい牢獄の中で、自分の愚かさを悔いるんだな」

第七話　昇格する

ラムダと強盗団たちは逮捕された。

最初、ラムダは何かの間違いだと主張して罪を認めなかったが、強盗団たちはラムダとの繋がりをあっさりと自白した。

これによって無事に街での強盗事件は解決した。

事の顛末を知ったボルトンは驚いていた。

「……まさか、ラムダの奴が裏で糸を引いていたとはな。陰湿で小狡い奴だったが、一線を越えるほどの度胸や愚かさはないと思っていたが。俺の目は節穴だったな。いったい何があいつをここまで駆り立てたのか……」

ラムダが強盗団に取り入った動機は分からない。

奴は肩書きと強さに執着があるようだった。

もしかすると、自分の中にくすぶっていた何かしらのコンプレックスを解消する手段として強盗団を利用しようとしていたのかもしれない。

まあ、今となっては考えても詮無きことだ。

「……あいつは愚かだが、それに気づいてやれなかった俺にも責任の一端はある。上司としての役割を果たせなかったな」

ボルトンの呟きには、呆れと悔しさがない交ぜになっていた。

ラムダが自分の中に鬱屈としたものを抱えていたとは言え、結局、街を脅かす悪に加担したのは他でもない奴自身の決断だ。

だから、ボルトン団長が責任を感じる必要はないと俺は思った。

「だが、この事実を公表するわけにはいかねえな。衛兵が強盗団に加担してたことが知れたら街の連中はパニックになる」

間違いなくそうなることだろう。

その上、衛兵に対する信頼は地の底に墜ちてしまうはずだ。

街を守る衛兵であるラムダが強盗団に協力していたという真実を伏せることは、俺たちだけでなく街の人々にとっても必要なことだ。

それを悪と言うのなら、受け入れるしかない。

「ジーク。今回はお手柄だったな。お前がいてくれたおかげで、強盗団の連中を捕まえることができた」

「いえ。単なる偶然ですよ」

元々、ラムダは俺を殺すために夜警で人気のない路地に誘い出した。

それを返り討ちにした結果として、強盗団の逮捕が付いてきただけだ。俺としては特に事件を解決したという認識もなかった。

「だが、新人がお前じゃなければ、今頃、水路の底に沈んでたかもしれねえ。お前に力があったからこそ、真実が明るみになったんだ」

それはそうかもしれない。

あの場面でもし敗北していれば、今頃俺はこの世にいなかっただろうし、ラムダや強盗団は今後もバレずに犯行を続けていたことだろう。

俺が連中を倒したことにより、街の人々の脅威を取り除くことができたのなら。それは素直に喜ばしいことだと思った。

「そこで、俺は考えたんだがな。ジーク。今回の件での活躍を考慮して、お前を分隊長に任命しようと思う」

「「えっ⁉」」

俺も、そして兵舎にいた衛兵たちも声を上げた。

「ちょうど今、分隊長の席に空きが一つあってな。だから、お前にはその空いた分隊長の座について貰いたい」

分隊長ということは、つまり、昇格というわけだ。

それ自体はありがたいのだが……。

「ですが、俺はまだ、入団してから一ヶ月も経ってませんよ？」

「そうですよ！　団長！　入団してから一ヶ月も経たずに分隊長になった者など、過去に遡って も一人もいません！」

「通常、分隊長になるには早くても三年は掛かるんですよ！　それを入団から一ヶ月未満の新人が就任するなど聞いたことがない！」

　衛兵たちは抗議の声を上げた。

　しかし、それらの声を受けてもボルトンはどこ吹く風だ。

「別に問題ねえだろ。こいつにはそれだけの実力があるんだからよ。できる奴にはちゃんと相応の評価をしてやらねえとな」

「ですが！　他の者に対する示しがつきません！」

「それにまだ研修中の平の衛兵がいきなり分隊長に抜擢など、無茶苦茶ですよ！　新人の彼には荷が重すぎます！」

　衛兵たちが次々に不満や抗議の声を上げた。

　兵舎に怒号が飛び交う。

　すると、ボルトンは地を這うような声で言った。

「――てめえら、俺の決定に文句があるってのか？」

「「……っ！」」

　ボルトンが凄むと、衛兵たちはその迫力に息を呑んだ。

　しん、とその場に静寂が降りる。

「納得できねえ奴がいるってのなら、出てきてこいつと戦え。それで勝つことができれば代わりに分隊長に任命してやるよ。――とは言え、無駄だとは思うがな。平のお前らが束になって掛かったところでジークには敵いやしねえよ」

衛兵たちは互いに顔を見合わせた。

誰一人、俺に挑んでこようとする者はいなかった。

「良いじゃねえか。こいつが引き継ぐのは第五分隊だ。それとも、てめえらのうちの誰かが代わりに引き受けてくれんのか？」

ボルトンがそう言うと、衛兵たちはああと得心したように息を吐いた。

「……そうか。空きになってるのは第五分隊だったな……」

「……確かにあそこの分隊長になるのだけは嫌すぎる。一日で胃がやられちまうよ。何しろ問題児の集まりだからなあ」

「これ昇進って言ってるけど、実際腫れ物を押しつけてるだけじゃねえか？　団長、中々えげつないことするな」

先ほどまでは俺に批判の目を向けていた衛兵の連中たちが、今度は一転してなぜか同情するような目を向けてきた。

「新人。精々、頑張れよ」

「達者でな」

「短い間だったけど、楽しかったぜ」

皆、死地に赴く者に掛けるような言葉を掛けてくる。

……いったい何だと言うのだろう？

「一旦、ジークに第五分隊を任せてみて、荷が重そうならその時にまた考えれば良い。取りあえずはこいつが分隊長で行くからな」

他の衛兵たちも納得したようだった。

解散した後、セイラが俺の下へと駆け寄ってきた。

「ジークさん！　今日から私たちの隊の分隊長ですね！」

「ということは……セイラは第五分隊だったのか」

「はい！　ですが、あっという間に私の上司になってしまいましたね。ジークさんは凄い方だと思っていましたが、想像以上でした！」

そう口にするセイラの表情に、不満の色は見えなかった。

むしろ、俺の分隊長への就任を心から喜んでくれているようだ。

「ジークさんの下でお仕事できることになって嬉しいです！　ジーク隊として共にこの街を守っていきましょうね！」

「ああ。俺も分隊長として全力を尽くそう」

俺はそう言うと、セイラに尋ねた。

「ちなみにこの隊は何人くらいいるんだ？」

「ジークさんを入れて、全員で四人ですね。私とスピノザさん。ファムさんです。基本的に分隊はこれくらいの人数ですよ」

「なるほどな。……そういえば、他の隊員は？」

「えーっと。それがですね……」

セイラはやや言葉に詰まりながら言った。

「私とジークさん以外は来ていません」

「何だ。今日は休みなのか？」

「休みと言いますか。自主的に休んでいると言いますか……」

「平たく言えばサボりだ」

ボルトンがセイラの言葉を引き継いだ。

「第五分隊はうちの兵団でも指折りの問題児集団でな。実力は確かなんだが、何しろ癖が強い連中ばかりなんだ。おかげでどの分隊長も匙を投げちまってな。あまりのストレスで精神を壊した奴もいるくらいだ」

ボルトンはそう言うと、

「……他の分隊長たちはてんで扱い切れていなかったが、まあ、お前なら第五分隊の奴らも上手く手懐けることができるだろ。頼んだぜ」

ぽん、と俺の肩に手を置いて去っていった。

……これはもしかすると、厄介者を押しつけられただけなのでは？

そう気づいた時にはすでに後の祭りだった。

問題児集団か——。

これは今日から大変なことになりそうだ。

第八話　問題児

今日から新たに始動した第五分隊。

しかし、俺とセイラ以外の隊員は出勤してきていなかった。

他の衛兵たち曰く、これは珍しいことではないらしい。むしろ、そいつらが普通に出勤してくることの方が珍しいとか。

「よくそんな連中がクビにならずに放置されてるな……」

「彼女たちは素行にこそ多少の問題はありますが、実力は間違いありませんからね。街の防衛には欠かせない人材です」

衛兵にとって何より必要なのは強さだ。

もちろん、それに加えて協調性があれば申し分ないが、その不足分を埋めるくらいには彼女たちは腕があるということだろう。

「取りあえず、そいつらを出勤させないといけないか……」

このまま放置しておけば、上司である俺の管理責任を問われてしまう。

……全く。大変な分隊を押しつけられたものだ。

「セイラ。隊員たちが今、どこにいるのかは分かるか？」

「そうですね。この時間ですと、スピノザさんは酒場にいると思います」

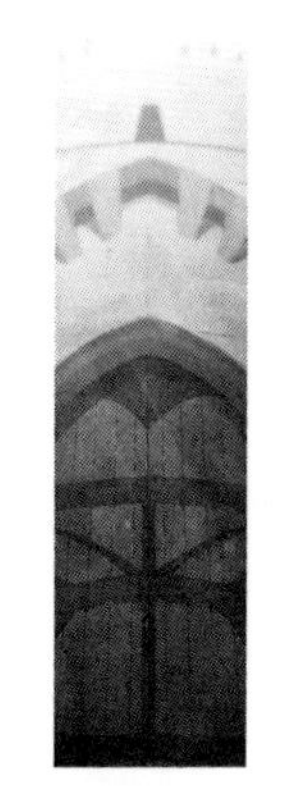

「え？　酒場？　今、朝だぞ？」

「スピノザさんはいつも夜通し呑んだくれていますから。朝まで呑んで寝て、夕方になると起きてまた呑むの繰り返しです」

「もう問題児の匂いがプンプンするな」

むせ返ってしまいそうだ。

「まあ。居場所が分かってるのなら、接触すること自体は楽そうだ。セイラ。悪いが俺をその酒場に案内してくれるか」

「はい！　任せてください！」

俺はセイラに連れられて街の大衆酒場へと向かった。

大通りの一角にその場所はあった。

扉を開けて中に入ると、店内は嵐が通り過ぎた後のように荒れていた。

テーブルの上には空になったジョッキや酒樽が散乱しており、酔い潰れた客がそこら中の床にぐったりと倒れ込んでいる。

「これは……酷いな……」

いったいどんな飲み方をしたらこの惨状が生まれるんだ？

「いました。あそこです」

セイラが指さした先。

奥のテーブルに死んだように突っ伏した女性がいた。

「スピノザさん。起きてください」

「んあ……？」

スピノザと呼ばれた女性は気怠そうに顔を上げた。

鮮やかな金色の髪。刃物のように鋭い目つき。

思わずはっとするほどの美人だ。

しかしそれを帳消しにするほど柄が悪かった。

目の下には隈が浮かび、二日酔いの顔色は悪い。それに尋常じゃないほど酒臭い。どれだけ呑んだらこうなるんだ？

「セイラじゃねえか。……ったく。夢に仕事の同僚が出てくるんじゃねえよ。せっかくのいい気分が台無しだっつの」

「夢じゃありませんよ⁉　私は現実の登場人物です！」

「…………」

スピノザはじーっとセイラの方を見つめると、

「どれ」

とおもむろに手を伸ばしてセイラの胸を揉んだ。

「ちょっ！　な、何をするんですか⁉」

「や。これが夢か現実か確かめようと思ってさ。けど、この感触は間違いねえな。目の前にいるセイラは本物だ」

「そんな確かめ方をしないでください！」

セイラは両肩を抱くと、顔を真っ赤にして抗議していた。

スピノザはその様子を見て、ニヤニヤと嬉しそうにしていた。……コミュニケーションの取り方がセクハラオヤジと同じだ。

スピノザはそこでセイラの隣にいる俺の姿に気づいた。

「……ん？　あんたは？」

「俺はジークだ。一ヶ月ほど前に入団した」

「ふーん。道理で見ない顔だと思ったぜ。そりゃそうか。あんたが入団してから、あたしはろくに出勤してないんだからな」

がっはっは、と笑うスピノザ。

堂々と言うことじゃない。

「ジークさんは入団してから僅か一ヶ月で分隊長に昇進したんですよ。それで今日からは私たちの上司になるんです」

「あ？　じゃあ、前の分隊長の野郎は？」

「彼はその……お辞めになりました」

「ほーん。ま、どうでもいいけどな。雑魚に興味はねえし」

スピノザは小指で耳をほじりながら、俺に目を向けてくる。

「――それで？　その分隊長様が、あたしに何の用だよ。もしかして、親睦を深めるために飲み会でも開きに来たのか?」

「まだそんな時間じゃないだろ」

「分かってねえなあ。酒ってのは、呑みたい時に呑むもんなんだよ」

完全にアル中の発想だった。

「俺はあんたを出勤させに来たんだ」

「断る」

スピノザは即座に切って捨てた。

「いや、断るじゃなくてだな……。雇用契約をしている以上、あんたは賃金を得る代わりに出勤する義務がある」

「正論を語るなよ。胸焼けしちまうじゃねえか」

スピノザはつまらなそうに言った。

「あたしは自分よりも弱い奴の命令に従うつもりはないね」

「なら、俺があんたより強いことを証明すれば、言うことを聞いてくれるのか? ちゃんと毎日出勤もすると」

「まあ。そういうことになるね。……けど、あんたがあたしに勝てんのか? 見たところそんなに強そうには見えないけどな」

「勝てる自信がなければ、口にしたりはしない」

俺がそう言うと、スピノザはにやりと愉しそうに笑った。

その目には、好戦的な光が宿っている。

「へえ。上等じゃねえか。あたしがあんたのことを見極めてやるよ。あたしを従わせるだけの器を持った男かどうかをよ」

◆

俺とスピノザは戦うことになった。

上司として従うだけの力があることを、彼女に認めさせなければならない。そのためにもこの勝負には必ず勝たなければ。

「それで？　勝負の方法はどうするんだ？」

「単純にやり合ってもいいが――うっかりあんたを殺しちまったらマズいからな。ここは一つ力比べと行こうじゃねえか」

スピノザはそう言うと、空樽の上に腕を置いた。

「腕相撲で白黒つけようぜ」

「なるほど。穏便なやり方だな」

「穏便？　ははっ。確かに穏便かもな。大槌に潰されて死ぬことに比べたら。だが、腕は使い物にならなくなると思うぜ？」

「大層な自信じゃないか。よほど腕に覚えがあるのか」

俺が言うと、セイラが口を開いた。

「スピノザさんは衛兵の中でも随一の怪力の持ち主ですから。人の背丈ほどもある大槌を軽々と振り回すくらいの」

ちなみに、とセイラは指を立てた。

「前任の分隊長が退職されたのは、スピノザさんと腕相撲をした時、腕の骨を折られたのがトラウマになったのが一因とか……」

「まさか、あんなに弱っちいとは思わなかったんだよ。手加減したんだぜ？　なのにほんの二割程度の力で折れちまうとは」

スピノザは鼻を鳴らした。

「あの野郎、『俺が女に腕っ節で負けるわけねえだろ』って息巻いてたのにな。あっさり返り討ちにしてやったぜ」

スピノザは得意げにそう言うと、壁に立てかけてあった大槌を手に取った。一トン以上は下らなそうなそれを軽々と振り回す。

風圧で大気が唸り、迫力を醸し出していた。

スピノザはひとしきり大槌を振るうと、挑発的に口元を歪める。

「単純な力の強さであたしに敵う奴はこの世に一人もいねえ。生まれてこの方、誰にも腕相撲で負けたことはねえしな」

確かに彼女は常人離れした力の持ち主らしい。

素行不良を許されているだけのことはある。

だが――。

「俺にもその大槌、持たせてくれないか」

「あん？　あたしに張り合おうってんなら、止めといた方がいいと思うぜ。普通の奴には持ち上げることもできねえよ」

「いいから。貸してみてくれ」

「強情な奴だな。後悔すんなよ？　……ほら」

スピノザは肩に担いでいた大槌の柄の部分を差し出してくる。

俺は床に落としてしまうこともなく、それを受け取った。右腕一本で持ち上げると、彼女がさっき俺に見せたように振り回す。

ブオン、と空気が獣の咆吼のような音を響かせた。

「す、凄い……！　片手であんなに軽々と……！」

「へーえ。あんた、中々やるじゃねえか」

今までは小馬鹿にするようだったスピノザの表情がそこで変わった。口元に浮かぶ笑みは嘲笑のものから、愉悦へと変化していた。

「その大槌を軽々と振り回すとは、ただ者じゃねえな。……運や立ち回りだけで分隊長に就任したってわけじゃないらしい」

「そりゃどうも」

「こりゃ、うっかり腕をぶっ壊しちまうこともなさそうだ。いつぶりだろうな。二割以上の力を出せそうな相手は」

　空樽の上に肘を置き、俺を真っ直ぐに見据えた。

「掛かってきな。捻り潰してやるよ」

「望むところだ」

　俺も樽の上に肘を置き、スピノザの手を握る。

「セイラ。審判を頼めるか」

「は、はいっ。分かりました」

　セイラは俺たちの間に立つと、緊張した面持ちになった。こほん、と一度間を取るために咳払いをすると口を開いた。

「それでは──始めっ！」

　彼女が挙げた右手を下ろすと同時に──両者共に力を込めた。

「一瞬で終わらせてやるよ！」

　スピノザは短期決戦に持ち込もうと、序盤から全力を注ぎ込む。──しかし、彼女の手は中央の位置からビクともしない。

「ぐっ……！」

「どうした？　ご自慢の怪力はそんなものか？」

　俺が煽るように言うと、スピノザの顔つきが変わった。

「言ってくれるじゃねえかよ。おい！」

こめかみに青筋が浮かび、目に怒りの火が燃え盛った。

「まだまだほんの五割ってところだ！　あたしの全力はこんなものじゃねえ。あんたの腕をへし折ってやるよ！」

込められた力の総量が一気に膨れ上がった。

彼女の言うとおり、今まではまだ全力じゃなかったようだ。組んだ俺の手の甲は、後ろの方へと次第に倒れつつあった。

「ははっ。あんた、大したもんだよ。あたしにここまで力を出させるとはな。けど、もう勝負は決まったも同然だ！」

「──それはどうかな」

俺は握りしめていた手に力を込めた。

彼女に押し倒されそうだったのが、みるみる内に元の位置に戻っていった。完全に五分の状況へと仕切り直した。

「……おいおい。マジかよ。あの状況から挽回するか……？」

スピノザの表情からは余裕が消え、引きつっていた。

額や首筋には汗が滲んでいる。

「……つーか。あんた、代謝が悪いのか？　汗一つ掻いてねえけどよ。ポーカーフェイスが随分と得意なんだな」

「別にそういうわけじゃない。ただ、余裕があるだけだ」

「――なっ⁉」

「今度はこっちが攻める番だな」

俺は握りしめていた手に力を入れ、相手側に押し込む。

「ぐおううう……⁉」

スピノザは必死に押し返そうとする。

歯を食いしばり、汗が噴き出している。

しかし、俺の手を戻すことはできない。

「くっそ……！　ビクともしねえ……！　岩みてえだ……！　マズい……！　このままだと押し潰されちまう……！」

ぽたり、とスピノザの首筋から汗がしたたり落ちた瞬間だった。俺はとどめを刺すために更に力を入れて押し込んだ。

「があああああああっ……⁉」

必死の抵抗も虚しく、スピノザの手の甲は空樽の上についた。余りの力に、彼女の手の甲は樽の内側に深々とめり込んだ。

「勝負あり、だな」

「ジ、ジークさんの勝ちです！」

セイラは慌てて俺の手を取り、宣言した。

「…………」

　スピノザは呆然としたような表情を浮かべていた。

「二日酔いだったから、調子が出なかったか？」

「……いや。たとえ万全の状態だったとしても、敵わなかっただろうよ。どうやら、あんたの力は本物みてえだな」

　スピノザはふう、と息をつくと、笑みを浮かべた。

「完敗だ。あんたは強い。信じられねえくらいにな」

「約束通り、出勤して貰うぞ」

「おう。……けど、このままじゃ終わらねえぜ。必ずリベンジしてみせる。負けっぱなしってのは性に合わないんでね」

「そういうことなら、いつでも相手になろう」

　まずは無事、スピノザを引っ張り出すことができた。

第九話　銀髪美少女

第五分隊はスピノザを加えて三人になった。

残りは後一人――ファムだけだ。

酒場から外に出ると、スピノザが大きく伸びをした。

「ふあぁ……眠てえ……。なあ、今から帰って寝てもいいか？　あたし、夕方まで寝ないと調子が出ねえんだよ」

「ダメだ。今は勤務時間中だ。夜になってから寝ろ。……それと、明日からは生活習慣も改めて貰うからな」

「へーへー。約束だからな。あたしはあんたの言いなりですよ」

スピノザが投げやりになったように呟いた。

隣にいたセイラは苦笑していた。

「残りは後、ファムだけだな」

「ファムさんのことですが、彼女は神出鬼没で所在が掴めなくて……。私も彼女がどこにいるのかは分かりません」

「奴の特徴は？」

「ええっと。綺麗な白銀のショートカットをしていて、背は私よりも小柄。全体的に落ち着いた

「雰囲気の方です」

　あ、とセイラは思い出したように付け加えた。

「ちなみに、とても可愛らしい美少女ですよ！」

　別にその情報はあってもなくても良かったが。

「なるほど。それならわざわざ探す必要はなさそうだ」

「えっ？　どうしてですか？」

「さっきからずっと俺たちのことを監視している奴がいる。そいつの見た目だが、セイラの言った情報と合致するからな」

　俺はそう口にすると、背後を振り返って言った。

「そこにいるんだろう？　出てきたらどうだ？」

　虚空に向かって呼びかけた――次の瞬間だった。

　ヒュン、と遠くから何かが飛んできた。

　あれは……弓矢か！

　真っ直ぐに俺の額を射貫こうと迫ってきたそれを、二本の指で受け止める。下手をすれば今頃はあの世行きだっただろう。

　すると、その時、路地の陰からぬうっと人影が現れた。

　闇を煮詰めたかのような黒装束に身を包んだ少女。

　浮世離れした白銀の髪に、飄々（ひょうひょう）とした気まぐれな猫のような顔立ち。纏った装束の隙間から覗く肌は透き通っていた。

細身かつ、小柄な身体つきは衛兵のそれとは思えない。

だが――。

離れた距離から正確に俺の額に矢を放ったのを見るに、相当の手練れだ。

「あんたがファムだな」

「うん。そうだよ。初めまして。ジーク隊長」

ファムは飄々とした面持ちで言うと、俺に尋ねてきた。

「だけど、どうして分かったの？　気取られるようなヘマはしてないつもりだけど。君は千里眼でも持ってるのかな？」

「見事な尾行だった。足音も衣擦れの音も気配も完璧に消えていたからな。だが、周りのものがあんたの存在を教えてくれた」

「周りが？」

「そうだ。隠れていた路地に猫が通りかからなかったか？」

「うん。いたよ。僕と目が合ったから、『しーっ』って口元に指を立てて、彼には静かにしておいて貰ったけどね」

「その猫が息を呑む気配が伝わってきた。誰もいないと思って路地に入ったら、あんたが潜んでいたから驚いたんだろうな。辺りには誰の気配もなかったはずなのに、猫は誰かに驚いた反応を見せた。とすれば、そこには潜んでいる者がいる。それも、自分の気配を気取られないように留

「だけど、僕の容姿は見えていなかったはずだよね？　——なのに、どうして隠れてるのが僕だと分かったの？」

「容姿に関してはカマを掛けさせて貰った。路地に潜んでいるのが、ファムであるという確証はなかった。もっとも、その確率は高いと思っていたが」

「たったそれだけの情報で僕に辿り着くなんて、驚いたなあ」

ファムは感心したように両肩を竦めた。

「入団して間もない新人が分隊長になったと聞いたから興味を持ってみたけれど、予想以上だったよ」

「それで俺のことを尾行しようと思ったのか？」

「僕は気に入った相手のことは何でも知りたいんだ。そのためなら執拗につけ回す。その人を全て理解するためにもね」

「ストーカー気質だな」

「うふふ。確かにそうかもしれない」

ファムはクスクスと笑った。

「だけど、ジーク。君はとても面白い人だね」

「？　別に面白いことを言ったつもりはないが」

「ファニーの方じゃなく、インタレスティングの方だよ。興味深いってこと。前の分隊長の時とは大違いだ」

「お前は前任の分隊長のことも尾行したのか？」

「うん。すぐに止めちゃったけどね。あの人はすぐに底が知れたから。つまらない人間に時間を割くほど、僕の人生の残り時間は安くない」

スピノザの時も思ったが、こいつも中々にくせ者のようだ。

秀でた力を持つ者というのは、どこかいびつなものなのかもしれない。

「とにかく、明日からは仕事に出てきてくれ」

「そういうわけにはいかないなあ」

ファムはすげなく俺の要求を撥ねのけた。

「僕はまだ君のことを測りかねてるんだ。だから、しばらく観察させて欲しい。君が僕の人生の時間を捧げるだけの価値があるかをね」

……スピノザの時もそうだったが、なぜ俺は自分の部下のお眼鏡に適うかどうかを毎回試されることになるのだろう。

本来、立場は逆のはずなのだが……。

まあいい。

俺がこいつを無理に従わせようとしても、素直に従うことはないだろう。向こうの土俵で納得させるのが得策だ。

◆

翌日。

俺たちは通常通り、衛兵の仕事を執り行った。

ファムを除いた第五分隊の三人で、城壁の警備や街の巡回を執り行う。

「ふああ……眠ぃなあ」

巡回の途中――スピノザが大きなあくびを漏らした。

「いつもなら、この時間はぐっすり寝てるってのによぉ。身体の中にアルコールを入れてないのなんて久しぶりだぜ」

「百歩譲ってその台詞を夜に言うならまだしも、昼間に言うな」

これまでどれだけ堕落した生活を送っていたんだ。

「しっかし、巡回なんて面倒臭いこと、よくやってられるよな」

「この街は治安が悪いからな。あちこちで諍いが起こっている。俺たちは衛兵としてその仲裁に入らなければならない」

それに、と俺は言った。

「この前の強盗団のような連中がまた出現しないとも限らないからな。常に街中に監視の目を光らせておかなければ」

「怪しい奴は、片っ端からボコボコにしていけばいいじゃねえか。そうすりゃいちいち頭を使わずに済むしな」

「いいわけあるか。冤罪(えんざい)だったらどうするんだ」

「その時は謝ればいいだろ。メンゴメンゴ、ってな」

「相手をボコボコにしておいて、その理屈は通じないだろ……」

スピノザの脳筋的思考の前に俺はため息をついた。

「あー。仕事ダリぃ。帰りてぇ。マジで」

「私はまた、スピノザさんといっしょに働くことができて嬉しいですよ」

セイラは聖女のような微笑みと共に言った。

「ほーん。セイラ。あんた、嬉しいこと言ってくれるじゃねえか。——ということで、胸を揉ませて貰うとするか」

スピノザはそう言うと、おもむろにセイラの胸を揉みしだいた。

「ちょっと！　何するんですか⁉」

「や。あんたを見てると何かムラムラしてきてさ。それに事前に伺いを立てたろ？　揉ませて貰うからなって」

「伺いを立てただけじゃないですか！　私は了承していませんよ⁉」

「いいじゃねえか。減るもんじゃあるまいし」

こいつ、男に生まれてたらセクハラで訴えられてたな……。

問題児揃いの分隊の中、セイラだけが唯一の救いだった。

――いや、厳密に言うと服装には問題がある気はするが。ビキニアーマーだし。それも他の連中に比べると可愛いものだが。

「それにしても、ファムさんは昨日、ジークさんを観察すると言っていましたが、どこかでこの様子も見ているのでしょうか？」

「ああ。奴の言い分だと、そうなるだろうな」

「なのに、全然、視線も気配も感じませんね」

「完全に消してるんだろうな。大したものだ」

「でも、昨日、ジークさんは気づいてみせましたよね？　凄いです！　私もその注意力を見倣わせて頂きます！」

セイラがぐっと胸の前で拳を握った時だった。

ヒュンッ！

突如、俺の額に向かって弓矢が飛んできた。

昨日と同じように手で掴んで止める。

前方を見やると、遠くの建物の屋上に弓を構えたファムの姿があった。

彼女はふっと口元に笑みを浮かべると飛び降りる。

しゅたっと鳥のように着地した。こちらに近づいてくる。

「……ファム。何の真似だ？」

俺は矢をへし折りながら尋ねた。

「いやあ。観察をしていると、ふとちょっかいを掛けたくなったんだよ。だけど、さすがの対応力だったね」

「下手すると、そのちょっかいで死んでいたんだが」

「この程度で死ぬほど、か弱い君じゃないだろう?」

ファムは言った。

「僕はね、重度のかまってちゃんなんだよ。気に入った相手には、一日中ずっと僕のことを考えていて欲しい」

ふっ、と微笑む。

「だから、僕は僕のことを思い出して貰うためにも、君にこうして時々ちょっかいを出すことにするから」

「お前、人からよく重いと言われないか」

「ううん。そんなふうに言われたことはないね」

とファムは言った。

「なぜなら、言ってくれるような友達がいないから」

どう反応していいか分からないから止めて欲しい。

「ちょっかいを掛けるにしても、別に身を潜めながらする必要はないだろう。俺たちと共に働きながらすればいい」

「僕はシャイなんだ。人との距離の取り方は慎重にする方でね。いきなりいっしょに働くような真似はできないよ」

……問答無用で人の額に矢を放つ奴がシャイとか抜かすな。

「それじゃ。僕はこれで」

ファムはそう言い残すと、影のようにその場から消えた。

「ジークさん。大変ですね……」

セイラが同情するように言った。

「陰からコソコソと狙いやがって。やるなら正面から堂々とやれってんだ」

スピノザは吐き捨てるように呟いていた。

正面からやれば良いというものでもない。そもそも同僚に弓矢を放つな。

それから、事あるごとにファムがちょっかいを掛けてきた。

街の巡回をしている時だったり、門番として検問をしている時だったり、兵舎の食堂で昼食をとっている時も狙ってきた。

油断しそうになった瞬間を突くように。

その都度、俺はファムの掛けてきたちょっかいに対して対処した。おかげで一度も弓矢を喰らうようなことはなかった。

結局、一日の業務が終わるまでそれは続いた。

「うっしゃー。やっと終わった。んじゃ、早速、酒を入れるとするか」

「ジークさん。今日は本当にお疲れさまでした。……あの、大丈夫ですか？　よければ私がお側に付いておきましょうか？」

「いや。問題ない。セイラはゆっくり休んでくれ。スピノザは飲みすぎるなよ。明日の朝にアルコールチェックをするからな」

心配そうにするセイラを帰すと、俺は兵舎にある寮へと戻った。

業務が終わったらちょっかいも終わると思っていたが、夕食の時も、風呂やトイレの時もお構いなしに矢が飛んできた。

俺はそれらを全て防ぎきった。

そして、寝支度を済ませると、ベッドに寝転がった。

仰向けになっていると、天井からファムの声が降ってきた。

「――ふふっ。大したものだね。僕のちょっかいを全て防ぎきるとは。さすがに最速で分隊長の座に就任しただけのことはある」

……やっぱり部屋にも忍び込んでいたか。

もういちいち咎めたりはしない。面倒だからだ。

俺は天井裏に潜んでいるであろうファムに向かって言った。

「お前こそ、一日中ずっと俺に張り付いている執念は敬服に値する。弓手としての才能はさすがと言うべきだろうな」

普通、多少なりとも集中力を欠いて気配を漏らすものだ。

だが、彼女はそれが一切なかった。

ずっと俺の影として一日中張り付き続けていた。

その集中力と忍耐力は驚嘆に値する。

「一つ、訊いてもいいかい？」

「何だ？」

「今日一日、君のことを観察していたけれど……君ほどの防御力があれば、わざわざ矢を防ぐ必要はなかっただろう？」

ファムは言った。

「僕の放った矢など無視しても、傷を負うことはなかったはずだ。なのに、君は全ての矢を丁寧に対処していた」

「ああ」

「それはプライドがあったからかい？」

「お前はあの矢を放つ行為は、ちょっかいだと言っていただろう。なら、無下にするのは素っ気ない対応だと思ってな」

俺は言った。

「俺が本気で対処しないと、お前も張り合いがない——そう思ったから、全ての矢を全力で防ごうとしたんだ」

「……なるほどね」ファムが天井裏でふっと笑みを漏らす気配がした。「やっぱり、君は僕が思った通り、面白い人だ」

そう言うと、天井からすっと人影が降りてきた。

見ると、俺が仰向けになったベッドの傍にファムの姿があった。

「決めたよ」

と彼女は言った。

「どうやら君には、僕の人生の一部を捧げるだけの価値はありそうだ。それに君のことをもっと近くで観察したくなった」

ファムはそう言うと、俺の布団の中に潜り込んできた。

「何をしているんだ?」

「信頼の証だよ」とファムは言った。「弓手にとって、この距離の近さは命取りだ。君に対する僕なりの誠意さ」

「だとしても、身を寄せてくるのは近すぎないか?」

「……僕は、その、人との距離感の測り方が上手く掴めないんだ。だから、ちょっと急に近づきすぎたかもしれない」

ファムは恥ずかしそうに呟いた。

「これから、追々、適切な距離感を測っていくよ」

いずれにせよ信用はしてくれているらしい。

「ということは、明日からは出勤してくれるのか?」

「うん。よろしくね。――ジーク隊長」

ようやく第五分隊のメンバーが勢揃いしたわけだ。

第十話　不穏

翌日の朝。

俺たちが出勤すると、衛兵たちは目に見えて動揺していた。

「おい。見ろよ……！　第五分隊の連中が全員出勤してきてるぞ……！」

「スピノザだけじゃなく、ファムもいるじゃねえか。あいつら二人、今までまともに上司の命令を聞いたことなんてなかったのに」

「ジークの奴、いったいどんな手を使ったんだ……⁉」

ただ時間通りに出勤しただけでこの驚かれようである。スピノザとファムがいかに問題児扱いされているか伝わってくる。

「あー。頭ん中がガンガンする……。ったく、最低の気分だぜ。おい、そこの。あたしが飲む分の水を汲んでこいよ」

「は、はいいっ！」

スピノザが命令すると、衛兵の一人が慌てて駆け出していった。断れば、何をされるか分からないという恐怖に突き動かされていた。

「スピノザ。お前、もしかして二日酔いか」

「昨日はそんなに飲むつもりはなかったんだけどよ。気づいたら記憶がなくて。窓の外には朝陽が上ってたんだよ。うっぷ」

「仕事の前の日は控えろって言っただろ」

「わーってるって。明日からは気を付けるからよ」

「今日、今この瞬間からだ」

「へーへー」

注意する俺と、不承不承ながらそれに従うスピノザ。

そのやり取りを見ていた衛兵たちは驚愕の面持ちを浮かべていた。

「ジークの奴、スピノザ相手にあんなに堂々と注意するなんて……。あいつ、自分の命が惜しくないのか……？」

「しかも、スピノザも素直に従おうとしてるだって……？　前任の分隊長が指摘した時は半殺しにされたのに……！」

「スピノザは自分より弱い奴の命令は絶対に聞かないからな。ジークを自分以上の実力者だと認めてるんじゃないか？」

その時だった。

ヒュンッ！

ファムが俺に向かって、懐に隠し持っていた短剣を振り抜こうとした。それに気づいた俺は彼女の腕を掴む。

「朝から随分と激しいな」

「ウフフ。ほんのスキンシップだよ。君がスピノザにばかり構うものだから。僕のことも少しは見て欲しくてね」

「そのスキンシップは死人が出る奴だからな?」

「大丈夫。君以外にはしたりしないよ。僕のちょっかいは君だけのものだ。僕は四六時中君だけを狙い続ける」

「捉えようによっては殺害予告だけどな」

まあ、この程度の攻撃で傷を負ったりはしないが。——もちろん、ファムもそのことを理解した上でやっているのだろう。

「ファムが他人に懐いてるところなんて、初めて見たな」

「というか、何だよあのやり取り! 危なすぎるだろ!? それを平気な顔でいなしてるジークもヤバい奴じゃねえか!」

「第五分隊の連中は、分隊長も含めて問題児なのか……」

勝手に俺も問題児扱いされていた。何故なんだ。

「ふふ。やっぱり、全員揃った方が賑やかで楽しいですね。今日から皆さんとお仕事ができると思うと嬉しいです!」

セイラはニコニコと微笑みながらそう口にしていた。

問題児だらけの分隊の中、純粋無垢な彼女は逆に異端かもしれない。

と思ったが、ビキニアーマーという服装は見るからに異端だった。

やっぱり、異端児ばかりなのかもしれない。

「おう。てめえら。出勤してきたか」

ボルトンが俺たちの前にやってきた。

「しかし、まさかこんなに早くこいつらを手懐けちまうとはな。ジーク。お前、人を率いる才能もあるんじゃねえか？」

「褒めすぎですよ。大したことありません」

「――っと。それどころじゃねえ。マズいことになってな」

「何かあったんですか？」

「……実はな、近いうちにこの王都に魔物の軍勢が攻めてくるらしい。嘆きの墓に居城を構えるアンデッドの連中だ」

「「ええっ⁉」」

衛兵たちは悲鳴にも似た驚愕の声を上げた。

「そ、それ本当ですか⁉」

「偵察の連中から連絡があってな。奴ら、戦支度を整えてるらしい。この調子だと今日の夜には攻めてくるだろうと」

「…………」

衛兵たちの顔からは血の気が引いていた。

「マズいことになったな……」

「この街は今度こそおしまいだ……！」

皆、随分と悲観的な様相を呈している。

「嘆きの墓の魔物とやらは、そんなに強いんですか？」と俺は尋ねた。

「ああ。この王都の近辺には光のオーブを狙う魔物たちが生息していてな。互いを牽制しあっているという状況なんだが、王都の北部に位置する嘆きの墓のアンデッド連中はその中でもずば抜けて厄介な連中だ。他の種族や人間を襲ってはその屍を自らの兵隊として復活させる。今やその規模と来たら、一国の軍隊にも見劣りしないくらいだ。実際に一年ほど前、連中が王都に攻めてきたことがあった。その時は何とか防ぎ切れたが、甚大な被害が出ちまった」

倒した敵を自らの味方に取り込む連中か。

それは厄介極まりないな。

というか、魔物と言っても一枚岩ではないわけか。

「あの戦いで随分と兵団の戦力は削られちまった。そいつらは今、アンデッド連中の兵隊として活躍してることだろうよ」

ボルトンは苦々しげに呟いた。

過去の痛みを思い出すかのように。

「騎士団の連中は⁉　彼らは加勢してくれるんですか⁉」と衛兵が尋ねた。

「騎士団の連中は王族や貴族の連中を守ることに専念するってよ。矢面に立って街を防衛するのは俺たち衛兵団の仕事だと」

ボルトンは自嘲するように息を吐いた。

曰く――。

王都アスタロトは二つの外壁によって守られている。

一つは俺たちが防衛を任されている王都全体を囲む外壁。そしてもう一つは王城や貴族街を囲む王都の中にある外壁だ。

騎士団は後者を担当するということらしい。

それはつまり、彼らは俺たち衛兵団はおろか、街の庶民たちを守るつもりは毛頭ないということを意味していた。

「奴ら、言ってたぜ。精々、壁となって魔物たちを食い止めてくれってよ。ちゃんと骨は拾ってやるともな」

「くそっ！　俺たちは捨て石ってことかよ！」

「あいつら、俺たちより高い給料を貰ってるくせにふざけやがって！　割を食うのはいつだって庶民じゃねえか！」

衛兵たちは憤っていた。

「嘆いていても仕方ねえ。もう決まったことだ」

ボルトンは言った。

「これから防衛場所の分担を決めることになる。一番危険なのは、王都を囲む壁の正面にある門前の防衛だが……」

「門前の配置なんて、最前線じゃないか！　死にに行くようなものだ！　俺たちは絶対に行きませんからね！」

「バカ言うんじゃねえ。行きたくないもクソもねえんだ。俺たちは街の奴らを守るためにやらなきゃならねえ」

「でも――――！」

混乱と苛立ちに塗れる兵舎内。

今にも暴動が起こるんじゃないかという険悪な雰囲気の中。

「だったら、俺が引き受けましょうか」

俺がそう名乗り出ると、その場にいた全員がこちらを見た。

「……ジーク。お前、正気か？」

「どれだけ危険なのか、分かってるのかよ⁉」

「ええ。だけど、門前を無人にしておくわけにはいかない。そうすれば、アンデッドたちが侵入してきて人々は危険に晒される。誰かがやらなければならないんです。なら、俺がその役割を引き受けますよ」

ボルトンは真剣な表情で、俺の目をじっと見つめてくる。

「……本気なんだな？」

「もちろんです」と俺は頷いた。「ただこれは俺の意志です。分隊のメンバーは違う。厭(いや)ならムリにとは言わない」

「何しゃらくさいこと言ってんだよ。望むところじゃねえか。アンデッド連中なんざ、骨も残らねえほどボコボコにしてやるよ」

「僕としても異論はないよ。矢の餌食にしてあげようじゃないか」

「私も街の人たちを守るために頑張ります！」

第五分隊のメンバーも付いてきてくれるようだった。

誰一人として臆している者はいない。

こういうところも異端なのだろう。

「そうか。お前たちになら、俺も任せることができる。……だが無理はするな。ダメだと思ったらすぐに退くことだ」

ボルトンは言った。

「それは恥じることじゃない。いいな？」

「ええ。分かっています」

俺が頷くと、ボルトンもまた頷いた。

そして、ボルトンは衛兵たちに告げた。

「戦いは夜になる。アンデッドが充分に力を発揮できるのはその時間帯だけだ。つまり、朝まで防衛することができれば俺たちの勝ちだ」

衛兵たちの怯えを呑み込むような力強い声色。

衛兵たちの目には、戦う覚悟が戻っていた。

「てめえら。腹を括って、気合いを入れていけ。光のオーブと街の連中を守るために全力を尽くして戦うんだ。そうすれば必ず勝てる！」

「「おおっ！」」

アンデッド軍との戦いが始まろうとしていた。

第十一話　まさか本当に？

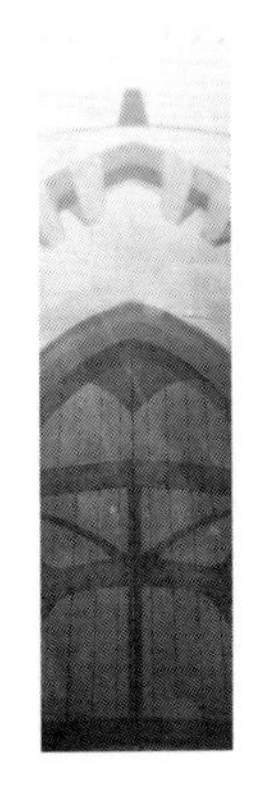

その日の夜。

王都アスタロトから北に位置する丘の上にある嘆きの墓。

氷のような満月の下。

アンデッド軍の総統――リッチが墓標の並ぶ丘の上に立ち、不敵な笑みを浮かべながら遠くの王都を見下ろしていた。

「……ついにこの日がやってきた。光のオーブを我が手中に収める時が」

リッチとは不老不死のためにアンデッドとなった強大な魔法使い。元は人間であり、生前の知識や経験を引き継いでいる。

彼はかつて民衆に賢者と称されるほどの凄腕の魔法使いだった。

もう数百年も前の話である。

魔法を極めることを欲した彼は魔王の力に魅了され、アンデッドとなった。

しかし、魔王は勇者の手によって封印されてしまった。

リッチはいつの日か再び、魔王がこの世に復活すると確信していた。

そして、その妨げとなるのが光のオーブだった。

王都アスタロトに安置されている光のオーブの中には魔王が封印されている。あの秘宝を破壊することができれば、魔王は現世に再臨する。

光のオーブから魔王の封印を解くためにはとある鍵が必要になる。——が、それは王都を陥落させれば自然と揃えられるものだ。

まずは王都を落とすことだけを考えていればいい。

「魔王様を復活させるのは我がアンデッド軍だ。そうすればきっと、魔王様は我らの種族を寵愛してくださることだろう。そして私は魔王様の右腕となる。くくっ。想像しただけで愉悦が止まらない」

リッチは三日月のように口元を歪める。

「前回の襲撃では、奴らを攻めきることができなかった。だが、今回は違う。我々は地下に潜伏して更なる戦力を蓄えたからな……」

前回の襲撃では百の軍勢を伴って臨んだ。

しかし、今回はその倍——二百の軍勢を揃えることができた。王都の連中、近辺の他の種族の屍から生み出したアンデッドが加わったからだ。

「対する奴らは、失った戦力を埋めることができていない。人間はアンデッドと違い取りかえが利かないからな」

やはり人間というのは不便だ。

アンデッドになった方が、よほど生きやすい。

抜かりはない。

勝利を手にするのはアンデッド軍だ。

「お頭。出撃の準備ができました」

アンデッドの兵がリッチのことを呼びに来た。

「うむ。向こうの状況は？　どうなっている？」

「ええ。それがですね……。正面の門に配置されているのは三人だけです。他に衛兵の姿は見当たりません」

「ん？　三人？　今、三人と言ったか？」

「はい。間違いありません。大柄の男、金髪の柄と育ちの悪そうな女。それに露出の多い鎧に身を包んだ女の三人だけです」

「…………」

リッチはしばらく沈黙した後、

「……くくっ！　ふはははは！」

高らかに笑い声を上げた。

「これは傑作だ。我ら百の軍勢を前に、たった三人で迎え撃とうとは！　奴らはすでに匙を投げてしまったのか？」

「もしかすると、罠という可能性も……」

「ふん。いくら罠が仕掛けられていようと、それだけの人数ではどうにもならん。我らの軍勢なら立ち所に押し切れる」

リッチは大きく手を払うと高らかに宣言した。

「わざわざ手薄にしてくれているのなら、そこから堂々と襲撃するとしよう。正面突破で王都アスタロトに攻め入るぞ！」

◆

騎士団長——グレゴールは王城と貴族街を囲む第二の外壁の警備に当たっていた。頭上にそびえる王城の最上部を見上げる。

最上部に位置する宝物庫には、光のオーブが安置されている。

光のオーブを奪われることは、この戦いの負けを意味する。

あれが魔族の手に渡れば、魔王が現世に再臨してしまう。

故に絶対に守り抜かなければならない。

「騎士団長！　アンデッドの軍勢が王都へ攻めてきました！　約百の軍勢が、一斉に正面の門に押し寄せてきます！」

「奴らめ。正面突破で来たか。それだけ自信があるということだな。それで？　正面の門に配置された衛兵の数は？」

だいたい五十くらいだろうか、とグレゴールは見当をつけた。

王都の周囲には石の壁があり、そこには結界や迎撃用の兵器も揃っている。アンデッド軍もおいそれとは侵入できないはずだ。

となれば、正面の門を狙ってくる。

衛兵団もそれを見越しているだろうから、門の防衛にもっとも人数を割くはずだ。全身全霊を以て死守しようとするだろう。

しかし……。

「それが——たった四人だそうです」

「——ん？」

グレゴールは訝しげな表情を浮かべた。

「今、私は聞き間違えてしまったのだろうか……。四人と聞こえた気がしたが。さすがにそれはないよな……？」

「四人です！　衛兵団の第五分隊の四人だけが配置されているそうです。それ以外の面々は外壁や街中に配置されていると」

「⁉」

グレゴールはこぼれんばかりに目を見開いた。

「な、何を考えているんだ！　みすみす敵の侵入を許すつもりか？　四人だけで百もの軍勢の足止めができるわけないだろう⁉」

「しかし、ボルトン団長は『あいつらに任せておけば大丈夫だ』の一点張りで。我々の声に耳を貸そうとしません！」

「くそっ！　これだから役立たずの衛兵共はッ！　騎士たちに伝えろ！　すぐにでも迎撃する準備に掛かれと！」

グレゴールはそう吐き捨てると、怒りに任せて近くの壁を殴った。

たった四人の衛兵でいったい何ができる？　このままではすぐにでもアンデッド軍たちは突破して王都内に侵入してくることだろう。

街が破壊されるのは構わない。庶民たちが死ぬことも。だが、貴族や王族、宝物庫内の光のオーブは何としても守り抜かなければ。

幸い、そのための準備は抜かりなく行っている。

街には騎士団所属の魔法使いたちによって魔法陣が敷かれている。

敵が侵入してくれば街ごと焼き払ってやればいい。

後はそのタイミングを見計らうだけだ。

グレゴールは配下からの『アンデッド軍が門を突破して、王都に侵入したようです』という旨の報告を待っていた。

しかし、いつまで経ってもその報告は来なかった。

その間も刻々と時間が過ぎ去っていく。

「おかしい。いったい何が起こっている……？」

もしかして、騎士たちも全滅してしまったというのか？

しかし、自分はここを動くことができない。

第二の外壁はこの戦いにおける最終防衛ライン。何が何でも通すわけにはいかない。故にここに陣取っていなければ。

傍に控えていた配下の騎士を一人、使いにやった。

しばらく経ってから、彼は血相を変えて戻ってきた。

「どうした？　何があった？」

「そ、それが」

配下の騎士は狼狽えた様子で言った。

「未だアンデッド軍は王都に侵入しておりません。正面の門前にて、衛兵団の第五分隊の者たちと交戦中のようです」

「なっ――!?」

グレゴールは頭を鈍器で殴られたかのような衝撃を受けた。

騎士の報告は、それほどまでに信じられないものだった。

もう戦いが始まってから数時間は優に経っている。

なのに、未だ、連中を足止めすることができているだと？

百もいるアンデッド軍を、たった四人ぽっちで!?

バカな！　あり得ない！

ボルトンの奴は嘘の報告をしたのか？

敵を欺く（あざむく）ためには、まず味方からということか？

――いや、しかし！　そんなことをする理由がどこにある⁉

もしかすると、自分は幻覚魔法に掛けられているのではないかと思い、グレゴールは外壁に頭を打ち付けてみたが、しっかり痛かった。

だとすれば――。

「まさか、本当に四人だけで戦っているというのか……⁉」

第十二話　仲間たちの内心

――おいおい。こりゃとんでもねえな……。

スピノザは愛用の大槌を振り回しながら、内心、感嘆の声を漏らしていた。

――あいつが最前線で敵の注意や攻撃を全部引き受けてくれるおかげで、あたしたちは滅茶苦茶戦いやすいじゃねえか。

アンデッド軍との戦闘が始まると、ジークは一人で前線に飛び出した。

衛兵たちの盾となるため、スキルを用いてヘイトを一身に集めた。

アンデッド兵たちは皆、取り憑かれたかのようにジーク一人を狙い始めた。剣や魔法が豪雨のように降りかかる――が彼はビクともしない。

ジークは微動だにせず、前線にて立ち尽くしている。

――これならいくらでもぶん殴ることができらぁ！

スピノザは大槌を振り回し、次々とアンデッド兵たちの脳天をかち割っていく。

――やべえ。ジークがいるだけで、こんなに動きやすくなるのかよ。自分が強くなったと勘違いしちまいそうだ。

「ジーク！　あんた、体力は大丈夫なのかよ⁉」

「ああ。問題ない」

問題ない――ね、とスピノザは苦笑してしまう。

百いるアンデッド軍の攻撃をたった一人で全部受けているのだ。それを問題ないと言ってのけるのだから、参ってしまう。

――ったく。あたしはこんな奴と張り合おうとしてたのか。そりゃ勝てねえわけだ。格がまるで違うんだから。

スピノザは今まで他の人間に対して敵わないと思ったことはなかった。しかし、ジークに対してはそう思ってしまった。

負けず嫌いな自分のことだ。激しい怒りや嫉妬に駆られるだろう。

そう思っていたが、心は存外、清々しかった。

ジークの強さを心から認めることができた。

「……あいつが味方でいてくれりゃ、これほど力強いこたぁねえ。四人ぽっちでも、充分あいつらと渡り合えるぜ」

スピノザは大槌を構えると、アンデッド軍の中に突っ込んでいく。ジークに気を取られて隙だらけの兵たちを次々と叩き潰す。

「おらおら！　次はどいつだよ！」


――凄い……！　ジークさん、凄いです……！

セイラはジークが敵軍の攻撃を受けているのを見て、心の中で呟いた。

アンデッド軍をたった四人で迎え撃つのは正直、分の悪い戦いだと思っていた。自らの命を賭(と)す覚悟で挑んだ。

けれど、蓋を開けてみればこちらが圧倒していた。

それはひとえにジークが敵の攻撃を完全に防いでいるからだ。

――たった一人で戦況を支配してしまうなんて……。

彼が強いことは知っていた。

ボルトン団長を一対一の戦いで打ち負かすほどの実力者だと。

けれど、ここまでだとは思わなかった。

――彼が味方でいてくれるのがどれほど心強いか……！　ジークさんが守ってくださるおかげで私たちも全力で戦えます！

「やあっ！」

セイラはアンデッド兵たちを斬り伏せていく。

セイラの装備――ビキニアーマーは攻撃力に特化した鎧である。

通常の鎧を身につけるよりもずっと迅速に動くことができるが、その代わり、敵の攻撃を食らえば即座に致命傷となり得る。

一応、魔法で加護は付与しているが、気休め程度の防御力だ。故にセイラは常に敵の攻撃に細心の注意を払っていた。

だが――。

ジークが敵の攻撃を完全に引き受けてくれているおかげで、セイラは防御や回避のことを考えずに攻撃に集中できていた。

そしてそれは、とんでもない火力を生んでいた。

「――ジークさんが私たちにとっての絶対的な盾になってくれているのなら、私はジークさんの剣として戦いますっ！」

後顧の憂いを断ったセイラは戦場を駆け抜ける。攻撃に特化した彼女は、アンデッド兵たちを瞬く間に斬り伏せていった。


「なるほどね。これが君の力というわけか」

ファムは門の上部にある塔からジークの戦いを眺めながら呟いた。

アンデッド軍は皆、示し合わせたようにジークに照準を合わせている。

他の者にはまるで注意を払っていない。

そういうふうに彼が仕向けたからだろう。

ただ、中には他の者を狙おうとする敵もいた。けれど、彼らが放った攻撃は、ジークのところへと吸収されてしまう。

恐らく、味方へのダメージを自分が代わりに負うスキルなのだろう。

「……冒険者という生き物は皆、自分のためだけに生きていると思ったが、君のスキルは他者を守るためにあるんだね」

変わった人だ。

だけど、そこがとても面白い。

ファムは口元に笑みを浮かべていた。

彼女は素早く目を動かすと、戦場のアンデッド兵たちを睥睨する。

弓を構え、弦を引き、鋭く矢を放った。それは風を切り裂きながら、ジークに襲いかかろうとしていた敵のアンデッド兵の眉間を貫いた。

「彼にちょっかいを出していいのは、僕だけだよ」

弓に矢を番えながら、ファムはそう呟いた。

——敵も味方も、皆、君にばかり注目している。もちろん僕も。ジーク。僕は君のことをもっと知りたくなったよ。

そのためにもこの戦いを早く終わらせなければならない。


ボルトンは目の前の光景を前に唖然としていた。

……おいおい、冗談だろ？

ジークたち第五分隊だけに最前線の戦場を任せてはおけないと、ボルトンが有志の衛兵を引き連れて門前に駆けつけた時だった。

たった四人の衛兵たちに、アンデッド軍が押されていた。

アンデッド兵たちの攻撃を全てジークが引き受け、スピノザ、セイラ、ファムが圧倒的な火力を以って敵を蹂躙(じゅうりん)していた。

完璧なチームワーク。

「……団長。俺たちが付け入る隙なんてないですよ」

「加勢してもきっと、彼らの邪魔になるだけです」

衛兵たちは第五分隊の面々に気圧されていた。

「……どうやら、そうらしいな」

ボルトンは苦々しげにそう呟いた。

目の前で繰り広げられている戦いは完全にレベルが違う。自分たちが入っていけるような余地などどこにもありはしない。

ちっ、とボルトンは誰にも聞こえないくらいの大きさで舌打ちをした。

第五分隊の連中はどこに出しても恥ずかしい問題児集団だ。しかし、こと実力という点においては他の追随を許さない。

紛れもなく衛兵団の中でもトップを張れる実力者の集まりだ。

「……そんな連中を纏め上げられるお前も異常だぜ、ジーク」

ボルトンは敵の攻撃を一身に受け止めるジークを見つめながら呟いた。

◆

アンデッド軍を統べる頭目――リッチは今自分が夢を見ているのかと思った。あるいは幻覚魔法に掛けられてしまっている。

そうでないと到底、説明がつかない。

リッチは百もの軍勢を率いて王都アスタロトへと進軍した。

門前に待ち構えていたのは偵察からの報告で確認した通り、たった数人の衛兵のみ。

ひょっとすると光のオーブはすでに別の場所に移されたのでは？　しかし、秘宝の反応は間違いなく王都の中から出ていた。

人間たちは勝ち目がないと悟り、早々に匙を投げてしまったのだろうか？

いずれにしてもこの戦いは完全なる勝ち戦だ。衛兵が守る正面の門を突破し、百もの軍勢を引き連れて一気に王都に攻め込む。

――そういう手はずだった。

しかし、戦闘開始から一時間余りが経過しても、未だ門を突破することができない。

それどころか、兵たちは次々と返り討ちにされてしまう。

――バカな。百もいた軍勢があっという間に倒されているではないか！　たった数人の衛兵を相手に何を苦戦しているんだ⁉

奴らは強かった。

金髪の女――仲間がスピノザと呼んでいるのを聞いた――は人の背丈ほどもある巨大な大槌を縦横無尽に振り回し、アンデッド軍を蹴散らしていく。骸骨剣士たちは再生不可能なほど粉々に潰されてしまった。

「どんどん掛かってきな！　全員、このあたしがぶっ飛ばしてやるよ！」

と叫びを上げる彼女は獰猛な獣のようだった。

それに露出の多い奇っ怪な鎧を身につけた女——セイラと言うらしい——は無駄のない洗練された剣筋で、アンデッド兵たちを次々と斬り伏せる。

かなりの腕前の剣士だ。

だが、あの軽装であれば、一撃を浴びせれば致命傷になる。

大勢のアンデッド兵たちを相手にしていれば、必ず隙は生まれる。

そして、まさに今その隙が生まれたところだった。

「行け！　その娘を潰してやれ！」

「ヒャハハ！　貰った！　——ぐあっ!?」

セイラを狙おうとしたアンデッド兵の脳天を、矢が射貫いた。弱点の脳を潰され、その場に膝から崩れ落ちると動かなくなる。

——どこから撃ってきたんだ!?

衛兵たちは三人ぽっちだと思っていたが、どうやらもう一人いるらしい。

見えないところから、衛兵たちをフォローするように矢を放ってくる。

距離がある上に、戦闘中はどの兵も激しく動き回っている。それをいずれもたった一撃で仕留めてしまうとは、末恐ろしい射撃の技術だ。

そして、何よりも――あの男だ。

がたいのいい屈強な男――ジークと呼ばれていた――は誰よりも矢面に立ち、こちらの兵たちの攻撃を一身に受け止めていた。

本来ならもう、とっくにくたばっているはずだ。

にもかかわらず、奴はダメージを受けている様子がまるでない。

ひょっとして無敵なのではないか？　思わずそんな恐怖がよぎってしまうほどの、尋常じゃない体力と防御力を有していた。

リッチはアンデッド兵たちに叫びながら指示を出す。

「どいつもこいつも、その男ばかり狙うな！　その男は異様に頑丈だ！　まずは他の衛兵たちから順番に潰していけ！」

「そ、それが――できないんです！　他の衛兵を狙おうとしても、気づいた時には、あの男に意識を向けてしまって……！」

「まるで強制的に狙わされているかのような――」

「何だと……!?」

そういえば、とリッチは思い返す。

さっきからどの兵もあのジークとか言う男ばかりを狙っていた。

強制的に狙わされているのだとすれば、奴はスキルを使い、自分にアンデッド兵たちのヘイトを向けさせているのだろう。

それだけじゃない。

他の衛兵たちに放ったはずの攻撃も、全て奴のところに吸収されてしまう。

剣も、魔法も。

百の軍勢の攻撃を一身に受けてなお、奴はまるで応えていない。

攻撃を全て止められてしまったら、なすすべもない。

他の衛兵たちの激しい攻撃にただひたすら蹂躙されるだけとなる。

こんなはずではなかった。

リッチが率いるアンデッド軍は、未だ過去の戦闘の傷を引きずった人間たちを圧倒することができるはずだった。

なのに。

たった一人。

たった一人の衛兵の存在によって全てを狂わされてしまった。

……ジーク。奴は紛れもなく化け物だ。無敵の盾だ。

もしかすると、国一つを容易に滅ぼしてしまう魔王様の攻撃ですら、奴は止めることができるかもしれない。

そうしているうちに、アンデッドの軍勢は壊滅していた。

もはや、力尽きずに戦場に立つのはリッチのみになっている。

ジークと呼ばれる男がリッチの方に歩み寄ってきた。

「来るな！　来るなあっ！」

リッチは次々と高位魔法を撃ち放った。

それらは全て奴の身体に直撃した――が、歩みは止まらない。

奴が目の前に来た時、リッチは敗北を悟りその場に膝をついていた。アンデッド兵たちの無数の骸の中に佇みながら、呆然と項垂(うなだ)れる。

それをジークと呼ばれる男は冷たく見下ろしていた。

「くそっ……。お前さえ……お前さえいなければ……光のオーブを我が手中に収めることができていたのに……！」

「俺が門番でいる限り、ここは誰も通さない」

ジークと呼ばれる男は剣を振りかぶると、リッチの首を撥ねた。この瞬間――百ものアンデッドの軍勢は完全に一掃された。

第十三話　戦いの後

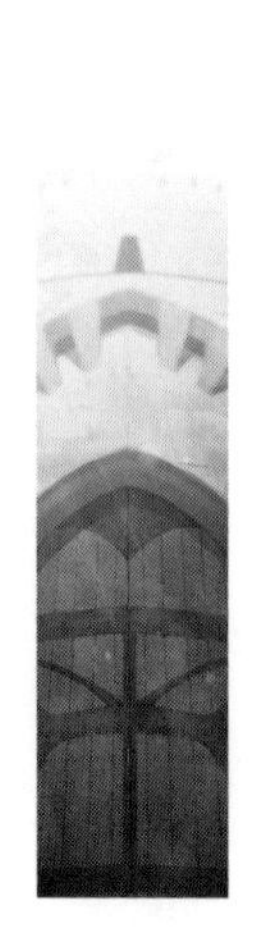

長い夜が明けた。

山の稜線（りょうせん）から上ってきた朝の光が、王都をすっぽりと包み込む。

門前の平原に転がっていたアンデッド軍の屍は、透明な朝の光を受けて、さらさらと灰となって消滅していった。

アンデッド軍を全滅させ、王都に戻ると、盛大に迎え入れられた。

衛兵たちが俺たちの下へと駆け寄ってくる。

「聞いたぞ。お前たち、たった四人でアンデッド軍を返り討ちにしたんだってな。あの時は無茶だと思っていたが……とんでもないな！」

「おかげで王都は一切の損害を出さずに済んだ！　こんなことは初めてだ！　誰も失わずに防衛戦を乗り越えられたのは！」

「正直、あんたのことは気に入らない奴だと思っていたが……本物だ。あんたがいれば俺たちは怖いものなしだ！」

無事に襲撃を乗り越えられたことによる歓喜だろうか。

以前までは俺に冷たい目を向けてきた者たちも、口々に賞賛の言葉を贈ってきた。このまま胴上げでも始まりそうな勢いだ。

「お前たち、本当によくやってくれたな。ご苦労だった」

ボルトンが声を掛けてきた。

「お前たちになら、最前線の門前を任せられると思っていたが……まさかここまでの結果を出すとはな。正直想像してなかったぜ」

顎を撫でながら、呆れたように苦笑いを浮かべていた。

「分隊の皆が頑張ってくれたおかげです」と俺は言った。

それを聞いたスピノザが鼻を鳴らした。

「よく言うぜ。ほとんどあんた一人の働きじゃねえか。アンデッド軍の攻撃を全部てめぇ一人で引き受けちまうなんてよ」

「……ふっ」

「あ？　何笑ってやがるんだよ」

「いや、スピノザ。俺はお前が他人のことを褒めるところを初めて見たぜ。こりゃ明日は雪が降るんじゃないか？」

「う、うっせ！　別に褒めちゃいねえよ！」

スピノザは頬を赤らめながらぶっきらぼうに吐き捨てる。

ボルトンに指摘されたのがよほど恥ずかしかったらしい。

セイラは女神のような微笑みを浮かべると、

「ジークさんが味方にいてくれると、凄く安心して戦うことができます。どんな敵が来ても負ける気がしません！」

　と口にした。

「ジークさんは私たちの大黒柱ですよ」

「おいおい。それは褒めすぎだ」と俺は思わず口にしていた。

「ウフフ。君はどうやら、褒められるのが苦手と見えるね。もしかして、褒められる経験があまりなかったのかな？」

「まあ。そんなところだ」

　ファムの言う通りだった。

　パーティにいた頃は罵倒されるばかりで、褒められることなど皆無だった。

　耳に届くのはいつも罵詈雑言（ばりぞうごん）だけ。

　だから、褒められるとむず痒い気持ちになる。

「なら、僕が君のことをたくさん褒めてあげよう。キャー。凄い。素敵。抱いて。ジーク様とっても格好良いー」

「凄い棒読みだな……。お前。俺を困らせて遊ぼうとしてるだろ」

「バレたかい？　ウフフ。僕は君にとても興味があるからね。君がどういった反応をするのかも観察しておきたいんだ」

　ファムの口元には薄い笑みが乗っていた。

　こいつ、完全にからかって愉しんでるな……。

その時だった。

「貴様ら。これはいったいどういうことだ？」

賑わっていた雰囲気を切り裂くように、荘厳な声が響いた。

見ると、煌びやかな銀色の鎧に身を包んだ長髪の男がそこにいた。

騎士団の者だろうか。

年齢は三十代くらい。プライドの高そうな顔立ちをしている。自分はエリートだという自負が全身から漲っていた。

「これはこれは騎士団長のグレゴール殿じゃありませんか。日頃見下している衛兵の集いに顔を出すとは何事ですか？　あ、もしかしてあれですか。前線の防衛を俺たちに丸投げしたことの詫びでも入れにきたんですか」

ボルトンの言葉には皮肉が剥き出しになっていた。

騎士団長――。

王族や貴族に仕え、秘宝を守るために戦う騎士団の頭目。

彼がそうだったのか。

「詫び？　なぜ我々が貴様らに詫びを入れる必要がある？　前線で魔物からの襲撃を防衛するのは貴様らの仕事だ」

騎士団長――グレゴールはまるで悪びれた様子もなくそう言い放った。

「それを言うなら、てめえらだってそうだろうが」

「我々が守るのはあくまでも王族や貴族の方々、そして光のオーブだ。王都の連中を守護してやる謂われなどない」

グレゴールはそう言って切り捨てると――。

「アンデッド軍を撃退したそうだな。貴様ら衛兵には、少しでも奴らの戦力を削ぐことができれば良い程度の期待しかしていなかったが……まさか全滅させてしまうとは。どんな姑息な手を使ったんだ？」

腕組みをしながら、探るような口調で言った。

「秘密裏に開発した兵器でも使ったのか？　ん？」

「ハッ。そんな予算がどこにあるんだよ。俺たちに対する予算は雀の涙だぜ？　騎士団様たちとは違ってな。俺たちはただ正面から迎え撃っただけだ。そこにいる第五分隊の連中が奴らを門前で撃退したんだよ」

「ふざけるなッ！　たった四人の衛兵で渡り合えるわけがないだろう！　私のことをコケにするのも大概にしろ！」

「俺はただ、本当のことを話しただけなんだがな」

ボルトンは小馬鹿にするように鼻を鳴らした。

「まあ、信じたくないのなら、別に信じなくてもいいぜ。そもそも、てめえらに知って貰う必要は全くないしな」

「くっ……！　衛兵風情が舐めた口を利きやがって……！　いいか！　貴様らの秘密は必ず私が

暴いてやる！　精々覚悟しておくんだな！」

　見下している衛兵にバカにされたのがよほど気に障ったのだろう。

　グレゴールはそう吐き捨てると、その場から去っていった。

「……ったく。これだから騎士団の連中は。プライドが高いから、自分の見たいものしか見ようとしねえんだ」

　ボルトンは呆れたように言うと、俺たちの方を向いた。

「――まあ、とにかくだ。お前たちはよくやってくれた。戦いも終わったことだし、今夜は盛大に打ち上げでもするか」

◆

　夜。

　アンデッド軍との防衛戦の打ち上げのために酒場にやってきた。

　酒場は衛兵団で貸切となっていた。

　しかも、代金は取らないのだと言う。

　酒場のマスター曰く――。

「あんたたちは今回の戦いで、立派に戦ってくれたからな。おかげで俺たちは何一つ損害を被ることがなかった。そのせめてもの礼だ」

ということらしい。

「立派に戦ったって言っても、実際にアンデッド共と戦ったのはこいつらだ。俺も含めた他の連中はただ待機してただけだ」

ボルトン団長は苦笑しながら言った。

それを聞いた酒場のマスターは驚きに仰け反った。

「こいつらだけって……たった四人の衛兵で⁉ いやあ、強いんだなあ。あんたたちがいてくれればこの街も安泰だ」

マスターが嬉しそうに俺たちの肩を抱いてきた。

「それに比べて騎士団の連中は……。王族や貴族連中、秘宝しか守る気がねえ。街の人間はどうでも良いと思ってやがる」

マスターは忌々しげな表情で吐き捨てる。

「けど、奴ら、今回は衛兵団に面目を丸潰しにされたからな。ざまあみろだ。俺たち街の人間からしても気分がいい」

「……ま。そのおかげで目を付けられそうだけどな」

とボルトン団長が頬杖をつき、葉巻を吹かしながら面倒臭そうに呟いた。グレゴールの怒りは相当のものだった。

マスターは俺たちに向かって言った。

「今日は皆、好きなだけ飲み食いして、英気を養ってくれ」

「いやっほーう！　おっさん、話が分かるじゃねえか！　懐具合を気にしないで呑む酒がこの世で一番美味いからな！」

　酒飲みのスピノザは大喜びしていた。

「今日、街の巡回に行った時、色々な人たちから感謝されました。この街を守ってくれてありがとうございますと」

　俺の向かいに座っていたセイラが昼間の光景を思い出して呟いた。

「ああ。そうだったな」

　街の人々からは口々に感謝の言葉をかけられた。

『あんたたちのおかげで助かった』

『この街を守ってくれてありがとう』

『俺たちのために戦ってくれる姿、最高に格好よかった』

「私たち衛兵は街の人たちを守るためにいますから。激しい戦いでしたが、皆さんの言葉を聞いて頑張って良かったと思いました」

「セイラは皆に感謝されて、ボロ泣きしていたからな」

「そ、それはもう蒸し返さなくていいじゃないですか！　私はそこまで活躍していないのに感極まっちゃいましたけど！」

「いいや。俺からすると、充分頑張っていたように見えた」

「――――えっ？」

「セイラがいてくれたからこそ、あの短時間で奴らを倒すことができた。俺一人では到底できなかったことだ。もっと自分に自信を持ってもいいんじゃないか」

「あ、ありがとうございます……」

セイラはそう呟くと、頬を赤らめて、俯いてしまった。

「どうしたんだ？　やけにしおらしくなって」

「い、いえ。今まであまり褒められることがなかったもので……。しかも尊敬するジークさんに仰って頂いたものですから」

「ウフフ。要するにセイラは照れているんだよ」

俺の股の間からファムがひょこりと顔を覗かせた。

「ファム。お前、どこから出てきてるんだ……」

「僕はシャイだからね。日の当たる場所に出ることに抵抗があるんだ。故に影や隙間に姿を潜めているというわけだよ」

「シャイな奴は人の股間から登場しないだろ」

冷静にツッコミを入れた。

「それにしても、君は部下のこともちゃんと褒めるんだね。前任の分隊長は、他人の手柄も平気で横取りするような人だったのに」

「俺一人で戦ったわけじゃないからな。セイラやスピノザ、ファムがいたからこそ奴らを全滅させることができた」

それは紛れもない事実だ。

俺がアンデッド軍の攻撃を全て止めたところで、奴らを攻撃する者がいなければ、戦いに勝利することはできない。

どれだけ頑丈な盾があったとしても、盾だけでは勝つことは不可能だ。切れ味の良い剣があるからこそ、盾が活きるのだ。

「自分の活躍よりも、まずは仲間を立てる……か。君は元冒険者だったとは思えないほどよくできた人間だね」

まあ、冒険者は自分が第一の人間が多いからな。

だけど、とファムは続けた。

「その性格だと、これまでに損をすることも多々あったろう。例えば、パーティの仲間に自分の活躍を理解されなかったりね」

思い出したのは【紅蓮の牙】のことだった。

彼らは誰一人、俺がパーティでどのような働きをしているか知らなかった。敵の攻撃を全て引き受けているということも。

俺もまた、敢えて自分から言い出すことをしなかった。それは誇示してるようで、無粋だと思ったから。

「その表情、心当たりがあるんだね」

とファムは俺の内心を見透かしたように言った。

「きっと、君が抜けた後、パーティの仲間たちも気づくだろうさ。君がどれだけの働きをしていたのかということを」

そうなのだろうか。

いずれにせよ、もう終わった話だ。

「――さて。僕は君に褒めて貰ったわけだけれど。言葉だけとは少し寂しい。どうせならご褒美が欲しいと思ってね」

「ご褒美？」

「いかにも。隊長直々にね」

とファムは言った。

……いったい何を要求されるのだろうか。

「あまり高いものは買えないぞ。給料が入ってないからな」

「ウフフ。それなら心配しなくてもいいよ。高いものじゃない。君はただ、褒め言葉と共に僕の頭を撫でてくれればいい」

「――はい？」

と俺は聞き返した。

「え？　頭を撫でるだけでいいのか？」

「前にも言っただろう。僕はね、かまってちゃんなんだ。承認されたいんだよ。そのためにも褒めながら頭を撫でて欲しい」

真面目な顔で言うファム。

「まあ。それくらいなら」

俺は了承すると、ファムの白銀の髪にそっと触れる。

「……これでいいのか？」

「ダメだ。ちゃんと褒め言葉も添えて」

「……ファムがいてくれたおかげで助かった。お前の的確な弓の援護がなければ、俺たちはきっとやられていただろうな」

「ウフフ。自分の気に入った人間に承認される。これは至福の時間だね」

ファムは満足そうな表情をしていた。

……捻くれているように見えて、意外とチョロいのか？　いや、照れている俺の反応を観察したいだけかもしれない。

◆

その時だった。

──ドン！

とテーブルの上に空のジョッキが叩きつけられた。

顔を上げると、スピノザが俺のことを睨み付けていた。

「ジーク。あたしと勝負しやがれ。今日は絶対にリベンジしてやるよ」

突如として吹っ掛けられた勝負。

「何だ。また腕相撲でもするのか？」

「いいや。今日は別の勝負だ」

スピノザはそう言うと、空になったジョッキを掲げた。

「飲み比べで勝負といこうじゃねえか」

「飲み比べ？」

「そうだ。お互いに酒を飲み合って、先に潰れた方の負けだ。ジーク。あんた、まさか酒が飲めないわけじゃねえだろ？」

「まあ、嗜む程度にはな」

「言っとくが、あたしは滅茶苦茶強いぜ。店の酒樽を全部空けたこともある。飲み比べでは負けたことがねえ」

「それ、腕相撲の時にも言ってなかったか？」

「同じくらい自信があるってことだよ」

スピノザはにやりと笑う。

「腕相撲の時は不覚を取ったが、今回はそれ以上に自信がある。何たってあたしはこれでいつもタダ酒してるからな」

堂々と情けないことをカミングアウトしていた。

そういえば、最初、スピノザと酒場で出会った時、周りに大勢の人が倒れていた。あれは飲み比べで酔い潰した後だったのか。

「ただ、噂が広まって、今じゃ誰もあたしの相手をしようとしねえけどな」

「完全に自分の有利なフィールドというわけか」

「そうだ。あたしは負けることが何よりも嫌いだからな。勝つためだったら、徹底的に自分の有利な分野に持ち込むぜ」

スピノザは椅子に足を乗せると、俺の顔を下から睨めつけてきた。

「もちろん、逃げたりしないよな?」

「良いだろう。相手になってやる」

それを見ていた周りの衛兵たちは、

「おっ。第五分隊の二人が飲み比べ対決をするらしいぜ」

「面白そうだな。俺たちも参加するか」

と盛り上がり、飲み比べの輪に加わることになった。

「セイラ。ファム。あんたらもどうだよ」

スピノザは他の隊員たちも勝負に引き込もうとする。

「いえ。私は遠慮しておきます。お酒は飲めなくて……」

「僕も止めておくよ。酔っている人間を見るのは好きだけど、自分が酔っている姿を他人に見られるのは恥ずかしいからね」

「何だよ。ノリ悪ぃなあ。——まあ、いいや。じゃあ、おっぱじめるとするか。最後まで立ってるのはこのあたしだ」

飲み比べの参加者が全員、乾杯をすると、一斉にジョッキを傾けた。

中に入っている液体が喉元を通った瞬間、半分近くの衛兵たちが噴き出した。ゲホゲホと苦しげにむせ返っている。

「な、何だこの酒⁉　尋常じゃなく濃いぞ⁉」

「そいつはアルコール度数九十％のハイエールだからな。弱い奴が呑もうものなら、一発でぶっ潰れちまうだろうよ」

「こんなの呑めるか！」「楽しく呑める濃度じゃねえ！」

「そうか？　金がない時は、安く呑めるから重宝するけどな」

と言ったスピノザの発想は完全にアル中のそれだった。

一杯目で大半の衛兵が脱落してしまった。ぐでんと床で伸びている。

「ったく。情けない連中だなあ」

スピノザが呆れたように呟いた。

ドン、と。その横で俺は飲み干した空のジョッキを置いた。

「おっ。ジーク。イケる口じゃねえかよ」

「これくらいはな」

「へっ。あんたが張り合いのある相手で良かったよ。まあでも、あたしにとっちゃこいつは水みたいなもんだけどな！」

スピノザはそう言うと、お代わりのジョッキを一息に飲み干した。アルコール度数九十％のハイエール も何のそのだ。

「良い飲みっぷりだ」

と俺は言った。見ていて気持ちがいいくらいだ。

「――どうだ？　付いてこられるかよ」

スピノザは挑むような目で見てきた。

「止めろ！　ジーク！　乗るな！」

「肝臓がぶっ壊れちまうぞ！」

「あのアル中に勝つなんて無茶だ！」

衛兵たちが俺の身を案じて口々に止めようとしてくる。

「俺の肝臓の耐久力を舐めて貰っては困るな」

そう宣言すると、二杯目のハイエールを一息で飲み干した。

スピノザに視線を返すと、彼女は嬉しそうに口元を歪めた。

「いいねえ。やっぱあんた、最高だよ」

とスピノザは言った。

「マスター！　次から次へどんどん酒を持ってきてくれ！」

お互い、三杯目、四杯目、五杯目とジョッキを空けていった。

スピノザの顔はほんのりと赤くなっていた。

俺も自分の顔を見たわけじゃないが、少し身体に酔いが回ってきているのを感じる。

「大丈夫か？　顔が赤くなってるようだが」

「へっ。まだまだこれからよ」

俺とスピノザは視線の火花を交わし合う。

すると、その時、いきなり後ろから抱きつかれた。

――な、何だ⁉

振り向くと、そこには顔を真っ赤にしたセイラがいた。

「ジークしゃん。頑張ってましゅねー」

「セイラ⁉　酔っているのか……？　だが、なぜだ？　さっき、酒は弱いから飲まないと言っていただろう」

「彼女はどうやら、水と間違えてハイエールを口にしてしまったようでね。すぐに吐き出しはしたのだけど、ご覧の有り様さ」

ファムが説明してくれた。

「ジークしゃーん。むにゃむにゃ……」

セイラは俺に抱きついたまま寝落ちしてしまっている。

背中に胸が当たって……！　何という無防備な奴なんだ……！　俺が煩悩に満ちた人間だったらどうするつもりなんだ？

俺は抱きついてきたセイラを引き剥がすと、ファムに引き渡そうとする。

「ファム。悪いが、セイラの介抱を頼む。……ん？」

見ると。

ファムはうつらうつらと船を漕ぎ、眠たそうにしていた。

「まさか、お前も同じ過ちを犯したのか……？」

「ウフフ。僕はそのような失態は犯さないよ。僕が眠気に襲われているのは、ただ単に夜更かしができないだけさ。すう……」

糸が切れたみたいに。

ファムはテーブルに突っ伏すと、寝息を立て始めた。

おいおい。年端もいかない子供か。

「どうやら、残りはあたしたち二人だけになっちまったみたいだな」とスピノザは愉しげな笑みを浮かべてきた。

俺たちはその後もひたすらにハイエールを体内に流し込み続けた。

もはや味など関係ない。意地だけだった。

店の酒を全て空にするくらいの勢いで呑んだ。

そして、気が遠くなるほどの飲み比べの果てに――。

とうとう決着がついた。

「うっぷ……もうダメだ……」

そう呟いたスピノザの顔は、青ざめていた。

「くっそ……飲み比べなら絶対に勝てると思ったのによ。――ジーク。あんた、酒の強さも尋常じゃねえな……」

「お前も大したものだ」

「へへっ。けど、いっしょに呑めて愉しかったぜ……」

そう言い残しながら、彼女は床に仰向けになると気絶した。

勝った――。

しかし、誰も俺の勝利を見届ける者はいなかった。

他の者は軒並み、酒場の床に酔い潰れて寝ていたからだ。

辺りは一面、地獄絵図と化していた。

その時、はたと気づいた。

「これ……もしかして俺が介抱しないといけないのか？」

気が滅入ってくる。

いっそのこと、酔い潰れて寝てしまおうかと思った。

第十四話　紅蓮の牙

――おかしい。こんなはずじゃなかった。

ナハトは洞窟のダンジョンから敗走しながら心の中で繰り返していた。

俺たち【紅蓮の牙】は最強のパーティだったはずだ。

あらゆる魔物を、その圧倒的なまでの火力で蹂躙していく。

その攻撃は何者にも止められず、無敵とさえ称されるほど。苦戦など知らず、ましてや敗走することなどあり得ない。

なのに――。

またしても敵に背を向けて無様に逃げ出すことになってしまった。

背後からは魔物の群れが追いかけてくる。

巨大なミミズの魔物――デスワームたちだった。

鋭い牙を持ち、装甲は固い。

吐く毒液は鎧だけでなく骨まで溶かすほどの威力。

共に逃げていた魔法使いのハルナが叫んだ。

「ナハト！　このままじゃ魔物に追いつかれるわ！　剣士なんだし、あたしたち後衛職のために足止めして！　その間に迎撃するから！」

「よろしくでーす」

弓使いのイレーネが同調する。

「ふざけんじゃねえ！　あれだけの数を俺一人で止めろってか⁉　てめえら、無責任に俺に押しつけてんじゃねえ！」

「あっ！　ナハトの奴、逃げた！」

「……サイテー。リーダー失格でしょ」

「うるせえ！　こういう時だけリーダーとか言ってんじゃねえよ！　つーか、なんでこんなに狙われるんだよ⁉」

これまでにも魔物の群れと対峙する場面はいくつもあった。

それも今回のデスワームたちより遥かに格上の魔物たちだ。しかし、その時は苦戦せず一方的に蹂躙することができた。

敵は全員、隙だらけだったからだ。

あの時、ナハトは自分たちが強いからそう感じていたのだと思った。格の違いから敵の動きが遅く感じるのだと。

だが――。

本当は違っていたのかもしれない。

そういえば、と思い出す。

あの時、敵は皆、何かに気を取られているようだった。

攻撃対象を強制されているような。

確かその矛先になっていたのは……。

思い出そうとして、その前にダンジョンの外に脱出した。

「はあ。はあ。はあ」とナハトの息は絶え絶えだった。

……危なかった。後、少しでも脱出が遅れていたら追いつかれていた。デスワームたちのエサになるところだった。

その後、ナハトたちは命からがら冒険者ギルドへと戻った。

足取りは重かった。

任務が達成できなかったことを聞くと、受付嬢は呆れたような表情を浮かべた。明らかに目には失望の色が滲んでいる。

ナハトは受付嬢をギロリと睨み付ける。

だが、任務に失敗した手前、それ以上のことは何もできなかった。舌打ちをすると、踵を返して酒場へと繰り出した。

パーティメンバーたちと共にテーブルを囲む。

敗走したのだから、打ち上げという雰囲気ではない。かと言って、反省会を行えるほどの謙虚さを彼らはすでに失っていた。

やることと言えば――責任の擦り付けあいである。

「ハルナ。お前がもっと魔法を放ってりゃ、あんなことにならずに済んだんだ。魔力量が少なすぎるんじゃねえのか？」

「はあ⁉　あたしのせいってわけ⁉　言っとくけどね、あんたが前線で踏ん張らないせいで安心して詠唱できないのよ！」

「……分かる。後衛を不安にさせてる時点で、前衛の落ち度」

【紅蓮の牙】の面々は互いに対する怒りを発露させていた。

周りの席に座っていた冒険者たちは、彼らのそんな様子を眺めながら、ニヤニヤと噂話に花を咲かせ始めた。

「聞いたか？　【紅蓮の牙】の連中、また任務に失敗したらしいぜ」

「またかよ？　これで何度目だ？　最近はずっと、失敗続きじゃねえか。最強のパーティも随分と落ちぶれたもんだ」

「凋落しだしたのはメンバーが一人抜けてからだろ？　あの大柄の男だよ……確かジークとか言ったっけか」

「確か【紅蓮の牙】の連中がクビにしたんだろ？　実はそのジークって奴がパーティの要だったんじゃないのか？」

「てめえら！　適当なこと言ってんじゃねえぞ！　殺されてぇのか！」とナハトが凄むと彼らは一斉にさっと目を逸らした。

しん、とその場に静寂が落ちる。

ナハトは大きな舌打ちを漏らした。

彼の脳裏に思い浮かぶ光景。

それは魔物たちが一斉にジーク一人に向かっていく光景だ。

ナハトはてっきり、それをジークがとろくさいからだと思っていたが、今思えば注意を引き付けているようにも見えた。

「いや。あいつは案山子みたいに突っ立ってただけだ。それがたまたま、そういうふうに見えていただけだ」

ナハトはそう言って、自分の中に浮かんだ考えを切り捨てると――。

「おい。次はAランクの任務を受けるぞ」

パーティメンバーに向かって一方的に告げた。

「――は？　あんた、何言ってんの？　Bランクの任務で失敗したのよ？　これより上の任務なんて無茶でしょ」

「……今のうちらには、分不相応じゃない？」

「うるせえ！　このまま舐められっぱなしで堪るかよ！　ジークの力なんて関係ないってことを証明するんだよ！」

荒ぶるナハトに、イレーネは不安げに呟いた。

「……けど。次に失敗したら、うちら、今度こそ終わりじゃん？　干されて、もう二度と任務を受けられなくなるかも」

「成功すりゃあ、何の問題もねえじゃねえか」

とナハトは高らかに言い放った。

「まだだ……！　まだ俺たちは終わってねえ……！　今度こそ、任務を達成して今までの失敗を全部取り返してやるよ」

ナハトは爪が皮膚を突き破りそうなほど、強く両拳を握りしめる。

不安げな他のメンバーをよそに、一人、闘志を燃やしていた。

第十五話　刑場の護衛

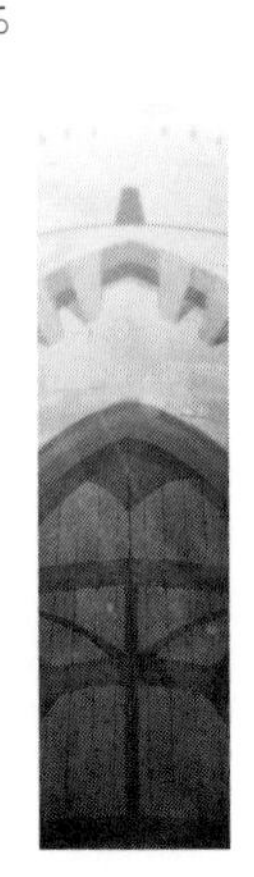

アンデッド軍との防衛戦を終え、元の日常が戻ってきた。

しかし、変わったこともあった。

俺たち第五分隊は同僚たちから問題児集団というレッテルを貼られていたが、先の戦いの活躍により評価が一変した。

「よう。うちの衛兵団のエース様」

俺が兵舎に出勤すると、ボルトンが声を掛けてきた。

「その呼び方……いじってませんか？」

「いやあ。そんなこたぁねえよ。他の連中も見直してたぜ。もうこれでお前の分隊長就任に文句を言う奴もいなくなるだろ」

そう――。

以前までは俺が最速で分隊長に就任したこともあってか、陰口を叩いたり、冷たい目を向けてくる者も多かった。

だが、アンデッド軍との防衛戦以降はそれもなくなった。

むしろ、今までは陰口を叩いていたような者たちが、

「俺はお前ならできると思ってたんだよ」

「さすがは最速で分隊長になっただけのことはある」

と褒め称えてくる始末だった。

結果さえ出すことができれば、いとも簡単に人は手のひらを返す。

今回の件で俺はそのことを学んだ。

「それでだ。ジーク。お前たちに頼みたい仕事があってな」

「また面倒事の押しつけですか？」

「バカ言うな。仕事なんてのはな、基本、面倒事しかねえんだよ。当然、俺がお前たちに頼みたい案件ってのもそうだ」

ここまで開き直られると、いっそ清々しかった。

「で？　その内容というのは？」

と俺は半ば諦めながら尋ねた。

「お前たちには刑場の護衛を頼みたい」

「刑場の護衛ですか？」

「そうだ。今、王都に捕らえている盗賊団の頭目がいるんだがな。そいつの処刑が明日に執り行われることになった」

ボルトンは言った。

「悪質な連中でな。金品を盗むだけじゃ飽き足らず、何人も殺してきた。女子供を奴隷として売り捌いたりもしていたらしい」

率直に言うと、極悪人だ。

「盗賊団の頭目だからな。処刑の際にはまず間違いなく、手下連中が頭目を解放するために襲撃してくるだろう」

「なるほど。それで護衛を」

「そういうこった」

ボルトンが頷くと、俺の隣にいたセイラがおずおずと口を開いた。

「あの……でしたら、処刑は秘密裏に行えばいいのでは？　そうすれば、襲撃されることもないと思うのですが」

「かもしれねえな。だが、それだと盗賊団は潰せない」

ボルトンが言った。

「奴らは街にも潜伏してるって噂だ。頭目だけ潰したところで、そいつらを野放しにしておけばまたいずれ被害が出る。だから、一人残らず駆逐しないとならない。そのために頭目を大々的に処刑するところを見せる」

「残党を炙り出すために、ということだね」とファムが言った。

「そうだ。頭目は手下連中に随分と慕われているようだからな。処刑するとなると、必ず全力で助けに来るだろう。そこを一網打尽にする」

確かに街に潜伏している盗賊団の連中を一人一人虱潰しに捕まえていくより、一カ所に集めて一気に叩いた方が効率的だ。

「だが、盗賊団の連中はいずれも手練れ揃いだ。生半可な戦力で臨めば、叩かれるのが俺たちということにもなりかねない」

「そこであたしたちの出番ってわけだな」

スピノザが鼻を鳴らし、好戦的な表情を浮かべていた。

背中に担いでいた大槌を手にすると、それを軽々と振り回しながら言った。

「上等じゃねえか。全員、纏めてぶっ飛ばしてやるよ」

「盗賊団の方々を野放しにしていたら、街の人たちも不安ですよね……。私たちで彼らを一網打尽にしちゃいましょう！」

「僕としても異論はないよ」

全員、やる気のようだった。

「――なら。決まりだな」

俺は頷くと、ボルトンに向かって言った。

「刑場の護衛の仕事、俺たちが引き受けさせて頂きます。盗賊団の頭目は、必ず手下連中から守り抜いてみせます」

「当日、刑場には俺も同行する。お前らの働きには期待してるぜ」

これは失敗できない仕事だ。

盗賊団の頭目に近づけないように守りつつ、手下連中を一網打尽にする。明日の処刑の際に盗賊団を壊滅に追い込むのだ。

◆

翌日。

俺たちは王都にあるアスタロト監獄へとやってきた。

王都アスタロトには多種多様な悪人が巣くっている。それ故に王都の奥には彼らを収容しておく巨大な監獄がそびえ立っていた。

入り口のところで検問をしてから、中に通される。

俗世から隔離された監獄内には、濃密な瘴気(しょうき)が立ちこめている。常人が迂闊に足を踏み入れようものなら、心が蝕まれてしまいそうだ。

ボルトンの後に続く形で石畳の通路を進む。

四階にある円形に牢屋が設置された区画。

「ここだ」

ボルトンはとある牢の前で立ち止まった。

牢屋の中――。

大柄の男があぐらを掻いて横柄に座っていた。

「ガゼル。連行の時間だ」

男はゆっくりと顔を上げた。

恰幅のいいその男は、ギラついた目でこちらを見据えてきた。地下牢に入ってなお、目はまるで死んでいない。

「……もうそんな時間か」

盗賊団の頭目——ガゼルはそう呟くと、重たげに腰を上げた。

彼の両手は錠で拘束されていた。

くあぁ、と大きなあくびを漏らしながら、自らの足で牢から出てくる。

「随分と余裕だな。これから処刑なのに」

「ビビるとでも思ったか？」

ガゼルは口角を持ち上げた。

「死にたくないと泣き叫んだり、縋りつくように命乞いをすると？　まあ、本当に死ぬのであればそれもあり得たかもな」

「……自分は死なないとでも言いたいのか？」

「俺には可愛い手下たちがいるからな。奴らが必ず助けに来る。——むしろ、今日死ぬのは俺じゃなくお前らだ」

ガゼルは諭すような口調になる。

「悪いことは言わねえ。今すぐ、俺を解放しろ。そうすれば見逃してやる。薄給の仕事のために死ぬのはバカらしいと思わないか？」

「確かにな」

と俺は言った。

「だが、お前を見逃せば、罪のない人々が苦しむことになる。だから、はいそうですかと逃がしてやるわけにはいかない」

「そうかよ」

ガゼルは残念そうに呟いた。

「なら、精々、自己満足の正義感のために死んでいけや」

「んだと……？」と挑発の言葉に反応したのはスピノザだった。「今ここでてめえを直接処刑してやってもいいんだぜ」

「やれるものならやってみろ」

「上等じゃねえか。ドタマかち割ってやるよ」

「おい！　スピノザ止めろ！」

俺は頭に血が上ったスピノザを羽交い締めにした。

「やれやれ。脳味噌まで筋肉の人間はこれだから」

とファムが呆れたように呟いた。

「ああ⁉　まずはてめえからぶっ飛ばしてやろうか？」

「お二人とも、仲間内で争うのは止めてください！」

俺とセイラは二人を諫めると、ボルトンの後に続いて奴を刑場へ連行する。

刑場は街の外れにあった。

普段は閑散としている場所だが、今日は盗賊団の頭目の処刑を喧伝（けんでん）していたからか、街の住民たちが大勢集まっていた。

盗賊団の悪評は散々、広まっていた。

連中に対する怒りを募らせた人々が、処刑を見届けようと駆けつけたのだろう。その場には黒く煮えたぎる憎悪が渦巻いていた。

「この鬼畜外道め！　死んで償え！」

「お前のせいでどれだけの人が苦しんだと思ってるんだ！」

その罵倒を耳にしたガゼルは、民衆に向かって叫ぶ。

「ごちゃごちゃ抜かすな！　外からヤジしか飛ばせないカス共が！　言っとくがなあ、俺は一つも後悔してねえからな！」

目をつり上げ、口元を挑発的に歪めた。

「お前らみたいな養分がいるからこそ、俺たちは楽しく暮らせるんだ！　これからも奴隷のように弄（もてあそ）んでやるよ！」

はっはっは、と高らかに嗤うガゼルを、ボルトンは処刑台へ連れて行く。

俺たちはその周りを警護していた。

――残党たちは必ず、このタイミングで仕掛けてくるはずだ。

みすみす頭目の処刑を指を咥えて見ているとは思えない。

そして――。

ガゼルが処刑台に続く階段に足を掛けて登り切ったその時だった。

周囲に集まった見物客たちの間から、飛び出してくる影があった。

一見すると単なる街の住民――。

しかし、その動きは俊敏で、洗練されていた。

「今だ！　お頭を助けろ！」

降り注ぐ陽光が、彼らの手に握られた短剣を照らし出す。

――やっぱり来たか！

「うわあ!?　何だこいつら！」

「逃げろ！　盗賊団の生き残りだ！」

野次馬たちは突然の襲撃に慌てふためき、蜘蛛の子を散らすように逃げ出した。その人の流れに逆行して向かってくる者たち。

いずれも盗賊団の残党たちだ。

「ほらな？　言っただろ？　可愛い手下共が助けに来るってよ」とガゼルは勝ち誇ったかのような笑みを口元に浮かべた。

「お前らはもう、おしまいだよ」

一直線にガゼルの下へと向かってくる盗賊団。

俺はその前に立ち塞がった。

「邪魔する奴は誰であろうと、皆殺しだあ！」

躊躇なく突き出されたナイフを、俺はパリイで弾いた。

「うぉっ……!?」

重心を崩した盗賊の胴体を抜き放った剣で切り捨てた。

「ぐあああ！」

一人を片づけても、まだかなりの数がいる。

十人……二十人……三十人近くいるだろうか？

佇まいを見るだけで分かる。

全員、それなりの手練れのようだ。

だが、俺たちにとっては大したことではない。

盗賊団の男が首を鳴らしながら、挑発的に言った。

「……たった一人倒したくらいでいい気になるなよ？　ガゼル盗賊団全員を敵に回したらどうなるか思い知らせてやる」

「なるほど。それは良いことを聞いた」

と俺は言った。

「ここにいる者で盗賊団は全員か。だったら、お前たちを片づければ、今日限りでガゼル盗賊団とやらは壊滅というわけだ」

「ほざけ！」

頭に血が上った盗賊の男が襲いかかってくる。

だが、俺に斬りかかる前に、男は横から飛んできた大槌に脳天を撃たれた。水切り石のように石畳の上を弾かれるように飛ぶ。

「はっはー！　ナイスショットだ！」

スピノザが大槌を肩に担ぎながら、にやりと笑う。

「あたしらのことも忘れて貰っちゃ困るぜ。……それで？　次はどいつがあたしの大槌に脳天をかち割られるんだ？」

「ふざけやがって！　その生意気な口を利けなくしてやるよ！」

盗賊団の中に、切り込む一陣の風。

次の瞬間、バッタバッタとドミノ倒しのように連中が地に伏せる。

剣を振るっていたのは——セイラだった。

「私も皆さんに後れを取ってはいられません！」

「ふざけた格好をしやがって！　この露出狂が！　お前ら、一斉に掛かれ！　まずあいつから切り刻んでやるんだ！」

セイラに襲いかかろうとする盗賊団。

ヒュヒュン！

だが、その眉間を、次から次に矢が射貫いた。

「ウフフ。隙だらけだよ」

離れた場所にある家屋の屋根の上から、ファムが顔を覗かせる。放った矢は正確無比に盗賊たちの息の根を止めた。

　それはもはや戦いというよりは、蹂躙に近かった。

　あっという間に盗賊団は殲滅（せんめつ）された。

　刑場の周りに立っているのは、俺たち衛兵のみとなる。その光景を、処刑台のガゼルは青ざめた表情で見下ろしていた。

　俺は処刑台に続く階段を上ると、ガゼルの前へと立った。

「ご自慢の可愛い手下たちは、もういなくなったな」

「あ……あぁっ……」

　ガゼルは膝から崩れ落ちると、俺の脚に縋り付いてくる。

「ま、待ってくれ。殺さないでくれ」

　ようやく死を間近に感じられたのだろう。

　ガゼルは必死の形相で、俺に対して命乞いをしてきた。

「お前は今まで、殺してきた人たちの命乞いを聞いてきたのか？　奴隷として売られた人に救いの手を差し伸べたのか？」

　そんなはずはない。

「他人の命乞いには耳を貸さなかったのに、自分だけは助けて貰おうなんてのは、虫が良すぎるんじゃないか？」

　俺は言った。

「今日死ぬのは、俺たちじゃなく、お前だったようだな」

「あああああっ！　ああああああああ!?」

ガゼルは処刑台に首を固定されると、逃れようとジタバタと暴れ回っていた。手足だけが虫のように激しく動き回る様は、滑稽(こっけい)でしかなかった。

「止めてくれ！　止めてくれ！　嫌だ！　死にたくない！　殺さないでくれ！　うわあああああああああああああああ!?」

「見苦しいな。死ぬ覚悟をしていなかったから、こうなる」

俺はガゼルを見下ろしながら、冷たく言葉を吐き捨てた。

「死にたくないと泣き叫び、縋り付きながら死んでいく——悪党のお前にはこれ以上ない最期だ」


そして、刑は執行された。

頭目が処刑され、手下たちは全員お縄についた。

こうして盗賊団は壊滅した。

王都の人々もこれで安心して暮らせることだろう。

第十六話　巡回中

平日の昼間。

俺はセイラと共に街の巡回業務をこなしていた。

「ジークさん。今日はとても良いお天気ですね」

隣を歩くセイラが頭上を仰ぎながら呟いた。

抜けるような青空には、雲一つ浮かんでいない。

「そうだな」

と俺は頷いた。

「おかげで何も起きない巡回中、眠くなる」

王都の中を歩きながら、異変がないか目を光らせる。

住民同士が揉め事を起こしているようなら間に入って仲裁したり、困っているようなら解決するために手を貸すこともある。

しかし——。

今日は何も起こらない、平穏そのものだった。

「平和なのは素晴らしいことですよ」とセイラが言った。

確かにそうだ。

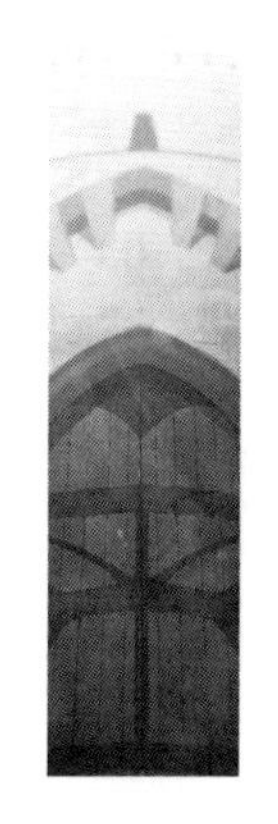

衛兵が眠気を催すというのは平和な証拠だ。

街中を歩いていると、住民たちがセイラに視線を向けてくる。

女性たちが彼女の容姿を見て黄色い声を上げていた。

「セイラさん。相変わらず抜群のスタイルね。それにあの胸……。いったい何を食べればあんなふうになるのかしら？」

「素敵よね。私もセイラさんみたいになりたい」

対する男性たちはセイラのことを鼻の下を伸ばしながら見つめている。

「お。セイラさんだ。眼福眼福……」

「優しい上に、おっぱいも大きい。最高だよなあ」

隣にいる俺ですら、視線が突き刺さっていることに気づくのだ。

当然、セイラもそうだと思っていたが違っていた。

「？」

まるで気づいていなかった。

どれだけ自分の容姿に無頓着なんだ……。

「それにしても、スピノザとファムを組ませたのは心配だな。何しろ、あいつらはうちの隊きっての問題児二人だからな」

巡回業務は二人一組になって執り行う。

俺はセイラと組むことになり、スピノザはファムと組むことになった。

この分隊で真面目に業務をこなそうとするのは、俺とセイラの二人なので、それぞれが問題児を監督すれば良かったのだが……。

「私があのお二方と組むと、甘やかしてしまいますから」

そうなのだ。

以前、セイラがスピノザと巡回のペアを組んだ時の話だ。

『巡回なんざ面倒臭い。酒が飲みたい』

と愚痴を吐いたスピノザに対して、

『たまには息抜きも必要かもしれませんね。……分かりました！　少しだけなら、お酒を飲んでも良いですよ』と許可した。

『おおっ！　話が分かるじゃねえか！』

喜び勇んだスピノザは、先ほどの気だるさはどこへやら。酒場へ駆け込むと、店中の酒樽を空にするほど呑んだ。

兵舎に帰ってきた時、スピノザはセイラの背中でベロベロに酔っ払っていた。ボルトンにはこってりと絞られた。……分隊長である俺が。

セイラがファムと組んだ時も同じだった。

『――セイラ。僕にはやるべきことがあるんだ。片時も目を離せない。だから、ここは君に任せてもいいかな？』

と打診されれば、普通、理由くらいは訊くものだ。

仕事中なのだから。

それに優先する事項かどうかは確認する。

しかし——。

『ファムさんがそう仰るなら、よほど外せない事情なんですね……。分かりました！　私に構わずそちらを優先してください！』

とあっさり許可してしまった。

ちなみにファムのやるべきことと言うのは、俺へのストーキングだった。

巡回をサボるほどの理由では全くなかった。

セイラは人の言うことをすぐに鵜呑みにしてしまう上、相手の要望を、自分が損をすることが分かっていても聞き入れようとする。

なので、セイラと組んだ者は皆、怠惰の限りを尽くしてしまう。

セイラは母性と慈愛に溢れているからな……。

将来、悪い男の食い物にされてしまわないか心配だ。

『この人は、私がいないとダメですから……！』とか言ってヒモ男を飼いそう。

「ジークさんは普段、とてもお優しいですけど、叱る時はビシッと叱りますよね。いつも見ていて凄いなあと思います」

「締めるところは締めないと、舐められるからな。……特にスピノザのような者は。飴と鞭の配分を見極めないと」

「私もちゃんと、人を叱れるようになりたいです」

「そうか。なら、練習してみるか？」

「練習ですか？」

「ああ。俺がサボってる衛兵だと思って、注意してみればいい。いきなり本番で叱るのも難しいだろうしな」

「わ、分かりました。やってみます」

セイラは顔を強ばらせながら頷いた。肩を上下に動かし、気をほぐす。頬をぺちんと軽く叩いてから、予行練習に入った。

「ジークさん。そこで何をしているんですか？　私はさっき、街の巡回業務に行くようにと命じたはずですよね？」

「固いこと言うなよ。たまにはこうして骨抜きしないと持たないって」

「そ、そうですよね――じゃなくて！　ダメじゃないですか！　街の人たちの生活を守るために仕事をしないと！」

セイラはむむむ、と怒った顔を作ると――。

「ジークさん！　めっ！　ですよ？」

俺の顔をずびしと指さして言った。

――えっ？

「どうでしょう？　上手くできていましたか？　ビクッとして、次からはちゃんと仕事をしよう

と思いました？」

「いや……むしろ逆効果かもしれない」

「ええっ⁉」

セイラの怒り方の根底には慈愛が透けて見えるから、怒られた瞬間、もっと怒られたいと思ってしまった。

ダメ男製造機だ。

これは中々、道のりは険しいかもしれない。

第十七話　騎士の横暴

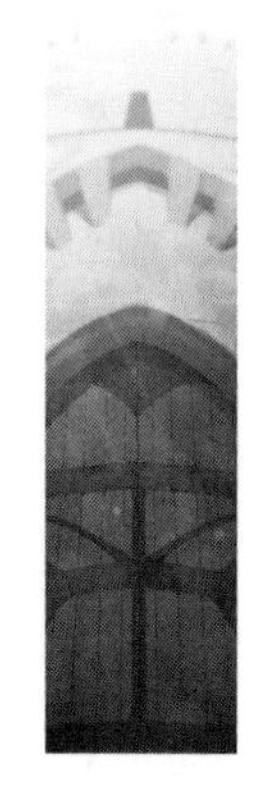

街の巡回の途中、広場に差し掛かった。

その広場は、正門を潜り抜けてすぐのところに位置している。

中央に噴水があり、辺りには石畳が敷かれていた。

主婦たちが井戸端会議に興じていたり、子供たちが走り回って遊んでいたり、街の住民にとっての憩いの場所となっていた。

長閑な光景だ。

俺たちが一休み入れるために立ち止まって伸びをしていると、向かいの道からスピノザとファムが歩いてくるのが見えた。

「驚いたな」と俺は言った。

「大して広い街じゃねえんだ。巡回してりゃ、鉢合わせになることもあるだろ。現に他の衛兵の連中とも会ったしな」

「いや、そうじゃなくて。スピノザが真面目に巡回してることがだよ。てっきり、酒場にでも入り浸ってるのかと」

「バカ言うな。仕事中だぜ？　んなことするかよ」

「前はしてただろ」

しっかり飲んだくれて、酔っ払っていた。

「良く言うよ。君は今日も酒場に行こうとしていただろう。ツケ払いが膨らみすぎて出禁になったから止めただけで」

「あっ！　ファム！　てめえ、チクりやがったな⁉」

「僕は部下として、ジークに状況を報告しただけだよ」

とファムが言った。

「ちなみに彼女は巡回もサボっていたよ。僕は止めようとしたんだけどね。カジノに入り浸って一文無しさ」

「この野郎！　洗いざらい全部ぶちまけてんじゃねえ！」

スピノザはファムに掴みかかろうとする。

しかし、ファムは身体を捻ってひょいと躱すと、俺の背中へと隠れた。そこから顔だけをスピノザに向かって覗かせた。

「ウフフ。君の攻撃は当たらないよ」

「ちっ。これだから陰気な奴は嫌いなんだ。こそこそしやがって。気に入らないなら、ちゃんと正面からぶつかってきやがれ」

スピノザはそう言うと、俺を見据えた。

「……ジーク。そいつをこっちに引き渡しやがれ。今回ばかりは我慢ならねえ。生意気なあいつに教え込んでやるんだ」

「何をだ」

「どっちが上かってことをだよ」

「君のような粗暴な人間と正面からやり合うつもりはないよ。知ってるかい？　争いは同じレベルの者同士でしか起こらない」

「こ、こいつ……！」

「おい。仲間同士で止めないか」

俺は慌てて二人の間に仲裁に入った。

このままだと戦闘が始まってしまいそうな雰囲気だ。街を守るはずの衛兵が街に波乱を引き起こしてどうする。

「あの二人、相性が悪いみたいですね」とセイラが言った。

「どうもそうらしいな」

明るく豪快なスピノザに、暗くて繊細なファム。

まるで正反対な二人は、磁力であれば引き合うのかもしれないが、人間関係においては反発しあうことの方がずっと多い。

「同じ分隊の仲間ですし、仲良くして欲しいのですが……」

全く同意見だ。

しかし、これればかりはどうしようもない。

その時だった。

「騎士団の連中が帰ってきたぞ！」

　と街の住民が叫ぶ声がした。

「「……！」」

　広場にいた連中の目が門へと続く道へと向いた。

　白銀の鎧に身を包んだ騎士団の集団が歩いてくる。

　馬車も引き連れていた。

　住民たちは彼らの通るルートの左右に列をなすと、その場に跪いた。

　騎士団の連中は時々魔物を討伐するための遠征に出ていた。彼らが帰った時は、街の者たちはこうして出迎えることになっていた。

　俺たちも騎士団の連中の行路を邪魔しないよう、脇に捌けた。

　騎士団の連中は我が物顔で石畳の道を闊歩していた。自信が服を着ているようだ。全員の顎が平行よりも上向いていた。

「相変わらず、随分と偉そうだな。気にくわねえ」

　とスピノザが小さく吐き捨てた。

「その点に関しては同感だ。権力を笠に着た者ほど醜い者はない。これだけ離れていてもむせ返ってしまいそうだ」

　ファムの声色には、嫌悪の色が滲んでいた。

　その時だった。

「あっ……」

路地でボール遊びをしていた子供たち。

片方が投げたボールを、もう片方が受け損ねた。

それは左右に並んだ人垣を越え、騎士団の行路のど真ん中に転がっていった。

「ご、ごめんなさーい」

と言いながら少年がボールを拾いに道に入ってきた。すると、先頭を歩いていた騎士の一人が目の色を変えた。

互いの間に僅かな沈黙が流れた。

次の瞬間――。

騎士の右足が、少年の鳩尾(みぞおち)を蹴り上げていた。

ドボォ、と痛ましい音が響いた。

「うあああ⁉」

少年は呻き声を上げながら、その場に蹲(うずくま)る。

「――っ⁉」

隣にいたセイラが息を呑むのが伝わってきた。

街の住民たちも同じだった。

その場の空気が一瞬にして凍り付いた。

「俺たちの行軍を邪魔するなんて、とんでもないガキだ！　その舐め腐った性根をバカな親の代わりに叩き直してやる！」

騎士の男はそう言うと、蹲った少年を更に足蹴にした。

頭を抱え、涙を流しながらごめんなさいと何度も口にする少年をいたぶり、周りにいた他の騎士たちもニヤニヤするだけで止めようとしない。

「何て酷い……！」

とセイラは唖然とした表情を浮かべていた。

彼女が動くよりも早く――俺は動き出していた。

騎士が更に少年を蹴ろうとしたところ、軸足に足払いを掛けた。

「うおっ⁉」

バランスを崩した騎士は尻もちをついた。睨み付けてくる。

「……何だ？　お前は？」

「それはこっちのセリフだ。その子が謝ってるのが聞こえないのか？」

と俺が睨むと騎士の男は凄んできた。

「その格好……お前、衛兵だな？　自分が何をしてるのか分かってるのか？」

「ああ。俺は衛兵だからな。街を守るのが仕事だ。街の住民を脅かす、お前のような奴を見過ごすわけにはいかない」

俺が言い放つと、騎士が口元を嗜虐（しぎゃく）的に歪めた。

「どうやら、随分と威勢のいい衛兵が入ったみたいだな」

そして、腰に差していた剣の柄に手を掛ける。

「衛兵風情が騎士に逆らうなんてのは、言語道断だ。立場ってもんを、バカなお前の身体に分からせてやるよ」

「一つ忠告しておく。剣を抜くのなら、相応の覚悟をした方がいい」

「切り捨てる！」

騎士が上段に剣を振りかぶった瞬間だった。

——遅いな。

俺は騎士の顔を掴むと、体重を乗せ、思い切り石畳に叩きつけた。

「がっ……!?」

勢いよく石畳と接吻を交わした騎士は白目を剥き、歯が粉々に砕け散った。うつ伏せに倒れると、ピクリとも動かなくなる。

俺は物言わぬ騎士に向かって、吐き捨てるように言った。

「随分と鍛錬を怠ってるんじゃないか？　隙だらけだ。——と言っても、もはやお前の耳には届いていないだろうがな」

◆

石畳に顔面を叩きつけた騎士は完全に気を失っていた。

白目を剥き、歯は砕け、無様に尻を突き出して倒れている。

俺は騎士から視線を切ると、蹲る少年の方に目を向ける。

すでにセイラが駆け寄って、介抱していた。

「おい。大丈夫か？」

「う、うん……」

「ファムさんが治癒薬をくださったんです。ひとまず痛みは引いたようですよ」

とセイラが説明してくれた。

「そうなのか。よく治癒薬を持っていたな」

「いつ何が起こるか分からないからね。備えあれば憂いなしさ。治癒薬から松明、トングに至るまで常備しているよ」

「最後のはどこで使うんだよ……」

俺がそうツッコミを入れた時だった。

「あの……」

少年がおずおずと口を開いた。

「衛兵のお兄ちゃん。助けてくれてありがとう」

「気にするな。――それより、悪かったな。もっと早く助けに入れなくて。不必要に痛い思いをさせてしまった」

「ううん。僕は平気だよ」

「そうか。お前は強いんだな」

と俺は少年の頭を撫でた。

「へへ……」

少年は照れ臭そうにはにかんだ。

「おい‼」

和やかな雰囲気を突き破るように怒声が響いた。

騎士たちが鬼のような形相で俺の方を見ていた。右からも左からもひりつくような殺気が伝わってくる。

いつの間にか取り囲まれていた。

「お前、随分と舐めたマネをしてくれたな……？　俺たち騎士に手を出して、タダで済むと思ってるのか？」

「この世界を守ってるのがいったい誰だと思ってるんだ？　俺たちが光のオーブを守ってるからお前らは生きていられるんだ」

「なるほどな」

と俺は言った。

「バカに付ける薬はないと言うが、あれは本当らしい」

「何だと？」

「つけ上がるのも大概にしろ。光のオーブを守っているからと言って、それはお前たちが好き勝手振る舞って良い理由にはならない」

　権力や立場によって、人はいとも容易く人格を歪められてしまう。

　掲げた大義により、自分の身の程を勘違いするのは愚か者の所業だ。

「ご高説、ありがとうよ」

　と騎士の一人が言った。

「けど、話が長くてとても聞いていられないからよ。残りは地獄でやってくれや」

　騎士たちは、腰に差していた剣に手を掛けた。

　――どうやら、彼らは本気のようだな。

「皆さん、剣を収めてください！　私たちはお互い、街を守る同志でしょう⁉　喧嘩をしても何にもなりませんよ！」

　セイラが慌てて場を取りなそうとするが、騎士たちは聞く耳を持たない。邪魔する者は斬らんと言わんばかりだ。

「セイラ。こいつらに何を言ったところで無駄だぜ」

　スピノザはそう言うと、大槌を肩に担ぎ、騎士たちを睨み付ける。

「一回、ボコボコにして頭を冷やさせないと分かんねえんだよ」

「僕も加勢するよ。最近の彼らの横暴な振る舞いは目に余るからね。ここらで一つ、お灸を据えておくのも悪くない」

　とファムも乗ってきた。

……やれやれ。まさかこんなことになるとはな。

後でボルトンにどう説明したものか。

俺が内心でそうぼやいていた時だった。

「……さっきから、随分と騒がしいようだけれど。あなたたち、ずっと往来で止まって何をしているのかしら」

騎士団の馬車の中から声がした。

御者台の後ろ——座る席のところに掛けられていた幕が開いた。

姿を現したのは、白銀の鎧に身を包んだ女性だった。

腰にまで伸びた艶やかな髪。

絶対零度の冷たい眼差し。凜とした端整な顔立ち。すらりとした手足。迂闊に近づいた者の身を切りそうな剣呑な雰囲気。

「エレノア副団長……」

騎士たちがそう呟くのを俺の耳は捉えた。

副団長——。

この女性が騎士団のナンバーツーと言うことか。

それも納得だった。

一目見ただけで分かる。彼女は強い。平の騎士たちとは格が違う。一心に剣に打ち込む者だけが纏える風格を有していた。

副団長――エレノアが騎士の男の前に立つと口を開いた。

「そこのあなた、私の一番嫌いなものが何か分かる？」

「ハッ！　部屋の汚れであります！」

「そうね。だけど、それは七番目に嫌いなものよ」

とエレノアは呟いた。

「私が一番嫌いなのは、感情に身を任せて怒声を上げる人たち」

「「……っ！」」

凍てつくような視線に見据えられ、騎士たちは青ざめていた。完全に萎縮している。先ほどの威勢が嘘のように。

「この状況を報告してくれる？」

「そ、それがですね。この衛兵たちが我々に刃向かってきまして！　不届き者たちを成敗しようと思ったところです！」

エレノアはその冷たい眼差しを、今度は俺たちに向けてくる。

すると、俺たちに危機が及んでいることを理解したのだろう。

先ほどの少年がエレノアに対して訴えかけるように言った。

「あ、あのね。僕がボール遊びをしてたら、ボールが騎士の人たちの前に転がって。騎士の人たちが僕を蹴ってたら、衛兵のお兄ちゃんが助けてくれて……。だから、お兄ちゃんたちは何も悪くないんだよ！　悪いのは全部、僕なんだ！」

「…………」

「バカが！　俺たちに刃向かった時点で、衛兵共も同罪なんだよ！」

「エレノア副団長！　こいつらは騎士団に刃向かった国家反逆罪なんですよ！　国賊には罰を下してやらないと！」

「——そうね。確かに罰を下さないといけないわ」

とエレノアは頷いた。

それを聞いた騎士たちは勝ち誇ったように嗤った。

「はっはっは！　お前ら、聞いたかよ！　副団長が加わればこっちのもんだ！　死以外の未来はたった今潰えた——」

ヒュンッ！

高笑いをしていた騎士の喉元に、剣先が突きつけられた。

彼の笑みが引っ込む。

「え……？」

騎士に剣を突きつけていたのは——エレノアだった。

第十八話　騎士団の副団長

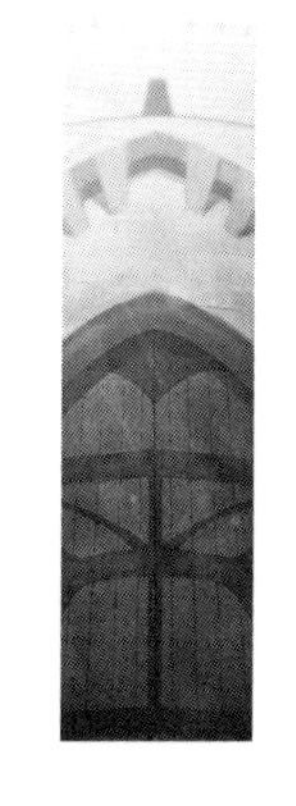

「え、エレノア副団長……？　いったい何を……？」

喉元に剣先を突きつけられた騎士は、顔を引きつらせていた。つうっ……と彼の首筋に冷や汗が伝い落ちる。

「あなた、私の一番嫌いなものが何か分かる？」

「か、感情に任せて怒声を上げる者でありますか……」

「いいえ。それは二番目よ」

「でもさっき、一番目だと……」

「乙女の心というのは、移ろいやすいものなのよ」

エレノアはそう言うと、更に先を続けた。

「私が一番嫌いなのは、騎士の誇りを忘れて驕り高ぶっている者。騎士は常に、気高い心を持たなければならない。そうでしょう？」

「は、はい……」

「あなたたちはそれを忘れ、傍若無人な振る舞いをした。……これは制裁が必要ね。性根を叩き直してあげるから覚悟しなさい」

「え、エレノア副団長の制裁……!?」

「受けた者はまるで人が変わったようになるというあの……⁉」

「か、勘弁してください！」

「逃げられると思わないことね。あなたたちには騎士道を叩き込む。恥ずかしくない騎士であるためにもね」

エレノアは呆然とする騎士たちから視線を切ると、少年の方を見やった。

「あなた、騎士に暴行を受けたそうね」

「え？　う、うん」

少年も、そして俺たちも目の前の光景に驚いていた。

エレノアが少年に向かって、深々と頭を下げたからだ。

「本当にごめんなさい。全ては私の管理ができていなかったせいよ。謝って許して貰えるとは思わないけれど。せめてもの誠意を」

騎士団の副団長が、年端もいかない少年に謝罪の意を示した。

それは普通では考えられないことだった。

「だ、大丈夫だよ。衛兵のお兄ちゃんたちに薬を貰ったから」

少年は慌てたように言った。

「だから、そんなふうにしなくてもいいよ。頭を上げてよ」

「……そう。ありがとう」

エレノアは小さく呟くと、ようやくそこで面を上げた。

遠巻きにその光景を眺めていた俺は言った。

「彼女はどうやら、他の騎士たちとは違うらしいな」

「はい。エレノア副団長は騎士道を重んじている方ですから。その端整な容姿と、冴えた剣の腕前から氷姫という異名があるほどです」

氷姫か……。

確かに言い得て妙かもしれない。

「しかし、エレノアのような者がいてなぜ、騎士連中があんなことになる？」

「騎士団内では、グレゴール騎士団長の思想が幅を利かせていますから。エレノア副団長の支持者もいるそうですが、多数派ではありません」

「彼女が理想とする騎士像は、騎士団内では支持されていないというわけさ。実力は申し分ないんだけどね」

とファムが騎士団の内部事情を説明してくれた。

「あなたたちもごめんなさい。私の部下が迷惑を掛けてしまったわね」

エレノアは俺たちにも頭を下げてきた。

「そんな……エレノアさんがそこまで謝らなくても……」とセイラが言った。

「いいえ。彼らは私の部下たちだもの。彼らが何か失態を犯したというのなら、その責任は全て上司である私にあるわ」

「おうおう。そうは言ってもよお。謝れば済むって問題じゃねえぜ？」

スピノザが威勢よく口を挟んできた。

「ごめんで済んだら、世の中に衛兵や警吏(けいり)はいらねえんだよ。誠意を見せたいのなら、相応のものを出して貰わねえとな」

「……ウフフ。さすがスピノザだ。付け入る隙を見るや、すぐにたかりにいく。ハイエナも君の所業には真っ青だろうね」

「へっ。褒めんなよ」

いや、褒めてはないと思う。

「……要するにお金ということかしら？」

「ま、そういうこった」

とスピノザは笑った。

「取りあえず、有り金全部置いてけ。ジャンプしてみろよ。な？」

「残念だけど、それはできないわ。私にできるのは誠心誠意の謝罪だけ。お金を払うのは更なる問題を招くもの」

謝意は示しつつも、これ以上は譲歩しないという姿勢。

エレノアには一本、確かな芯が通っているようだ。

「……ちっ。そうかよ。面倒臭い奴だ」

強請(ゆす)っても素直に折れることはないと悟ったのだろう。

スピノザは早々に諦めたようだ。

「分かって貰えたようで何よりだわ。それよりあなたたち、衛兵団でしょう？　聞きたいことがあるのだけど」

「聞きたいことですか？」とセイラが言った。

「ええ。この前のアンデッド軍との防衛戦。私は遠征に出ていたのだけれど、一人の死傷者も出さずに勝利を収めたそうね。それも騎士団は一切出動せず、衛兵団だけで。どんな策を使ったのか、私にもご教授願えないかしら」

「騎士団長は言ってなかったか。兵器を使ったんじゃないかって」

「まさか。そんなものがあれば、騎士団で把握しているはずよ。それに兵器を作るだけの予算など衛兵団にないでしょう？」

　ご明察だった。

　エレノアは騎士団長よりは話せる相手のようだ。

「策も何も、俺たちは弄してはいない。やってきた連中を門前で迎え撃って倒した。ここにいる第五分隊の連中でな。それだけだ」

「……そう」

　エレノアは冷たい眼差しを俺に向けてきた。

「……ねえ、あなたは私の一番嫌いなものが何か分かる？」

「騎士の誇りを忘れて驕り高ぶっている者だろう」

「いいえ。それはさっきまでの話。答えはつまらない冗談よ。たった四人でアンデッド軍を壊滅させられるわけがないでしょう？」

「そう言われても困る。事実なんだからな」

「なるほど。あなたたちはあくまでもそう主張するわけね」

エレノアは得心したようにそう呟くと、俺に向かって言った。

「私と手合わせ願えないかしら。あなたたちが言っていることが真実かどうか、私に直接確かめるための機会を頂戴」

◆

衛兵団の練兵場へとやってきた。

「まずは貴重な時間を割いて貰ったこと、感謝するわ」

俺の正面に立っていたエレノアがそう言った。

辺りには騎士たちが控えている。

「俺たちにとっても、余計な疑いを掛けられるのは面倒だからな。手合わせをして誤解が解けるのならその方がいい」

「双方にとって利害が一致するというわけね」

「それで？　誰が相手をすればいいんだ？」

「当然、あなたたちの中で一番腕が立つ人よ。アンデッド軍を全滅に追い込んだ、立役者というのは誰かしら？」

「誰か一人の活躍というわけじゃない。全員の力があったからこその勝利だ。立役者が誰かと問われると困るな」

「その割には皆、あなたを見ているようだけど？」

「え」

俺は仲間たちを見回した。

セイラも、スピノザも、ファムもこちらを見つめていた。

「立役者となると、ジークさんではないでしょうか」

「ま。その点に関しては異論はねえわな」

「それに僕たちが戦っても、彼女は納得しないんじゃないかな。君が戦うからこそ、彼女も理解すると思うからね」

「どうするのかしら？」とエレノアが尋ねてきた。

「そこまで言われると、俺が出るしかないだろう」

俺はそう呟くと、仲間たちより一歩前に踏み出した。

「俺が相手になろう」

「決まりね。では、早速始めましょうか。危ないから、木剣にする？」

「真剣で構わない。それくらいで死ぬほどやわな鍛え方はしていない。もっとも、そちらの意向だというなら話は別だが」

「私も同意見よ。真剣でやりましょう。ただ、後悔することになるわよ」

エレノアは腰に差していた剣を抜いた。冷たい輝きを放つ剣身が露わになる。場の空気が一瞬にして張り詰めるのが分かった。

俺もまた、剣を抜くと正中線の前で構える。左手には盾。

遠巻きに眺めていた騎士たちが口々に言った。

「あの衛兵、死んだな……」

「エレノア副団長がどれだけ強いのかも知らないで……」

「まだ若いから副団長の座に収まっているが、単純な実力では騎士団長も凌ぐんじゃないかと言われるくらいだ」

「衛兵の分隊長風情が敵うような人じゃない」

連中の言う通り、エレノアはただ者ではない。

氷姫という異名の通り、剣の道に邁進(まいしん)しているのが伝わってくる。

だが、奴らは一つだけ見落としている。

もし俺がエレノアと渡り合える自信がないのなら、端から勝負など受けない。受けたとしても一対一ではなかっただろう。

そして、俺は自惚れているわけではない。

つまり――。

俺にはエレノアと渡り合うだけの自信があるわけだ。

「アスタロト騎士団副隊長——エレノア・ラインボルト、参る！」

エレノアは名乗りと共に地面を蹴ると、駆け出した。

速い——。

白銀の鎧を身につけているのに、セイラ並みの俊敏さだ。

「——はあっ！」

裂帛の気合いと共に放たれた一撃を盾で受ける。

一撃が重い。それに早い。

もしパリイを狙いに行っていたら、貫かれていた。

「ふっ！　せいっ！」

最短距離で繰り出される剣先。

まるで針の穴を通すように正確無比な軌道。惚れ惚れするようだ。今まで出会ったどの剣士よりも美しい剣筋をしていた。

だが——。

それ故に軌道を読むことができる。

俺は敢えて隙を作るような防ぎ方をしていた。

エレノアほどの実力者が、それを見逃さないわけがない。

案の定、乗ってきた。

「——貰ったわ！」

撒き餌である左脇腹へと剣を突き入れようとする。

そこをパリイした。

「……っ⁉」

エレノアは重心を崩され、後ろへと仰け反る体勢になる。

これまで、一分の隙もなかった彼女に初めて隙が生まれた。

「――よし。獲った！」

無防備になった胴体に剣を振り下ろそうとする。

その瞬間、俺は勝ちを確信していた。

しかし、エレノアはそこであっさり勝負を投げたりしなかった。すぐさま剣を持たない方の手の平を俺に掲げてきた。

嫌な予感がした。

俺の中の第六感が警鐘を鳴らしていた。

こういう時の勘というものは、得てして当たるものだ。

「――アイスシュート！」

詠唱を口走ったエレノアの左手からは、氷弾が射出された。

ほぼゼロ距離から放たれた一撃。

俺は寸前のところで盾で防いだ。

氷弾は盾を凍り付かせる。

それは盾から手首へと浸食しようとしてきた。慌てて盾を投げ捨てる。

……危なかった。

もう少し反応が遅れていたら、今頃は氷像になっていた。

「……驚いたわ。完全に仕留めたと思ったのに。素晴らしい反応ね。確かにあなたはただの衛兵というわけではなさそう」

「氷魔法――あんたは魔法剣士というわけか」

「ええ。珍しいでしょう？」

「剣術と魔術はまるで分野が違う。体得するのは並大抵のことじゃない。それも両方共に一流のレベルとなれば尚更だ」

エレノアは剣士としては間違いなく一流の実力者だ。それに加えて、先ほどの氷魔法も一流の魔法使いのそれだった。

「簡単よ。ただ、血の滲む努力をすればいいだけ」

「なるほど。なら、俺にだってなれるというわけか」

エレノアは口元に微笑みを浮かべる。

それを見た騎士たちはざわついていた。

「エレノア副団長が笑ってる……」

「普段は鉄仮面みたいに無表情なのに」

「あの衛兵との戦いを楽しんでるのか？」

「――そういえば、まだあなたの名前を聞いていなかったわね。これほどの実力者、ぜひ名前を教えて貰えるかしら」

「ジークだ」

「……ジーク。全力を出して戦える相手は久しぶりよ。だけど、もうおしまいにする。私の全てを以てあなたを負かしてあげるわ！」

エレノアはそう言うと、左手の平を掲げた。

氷魔法が発動する。

次の瞬間――。

俺の足元の地面から氷柱が突き出してきた。

「――くっ！」

「逃がさない！」

次から次へと襲い来る氷柱を、駆け回りながら躱す。

しばらく逃げ回ったところで、気づいた。

――囲まれている。

いつの間にか周囲を氷柱に取り囲まれていた。

そうか。エレノアは俺を攻撃するために氷魔法を撃っていたわけじゃない。真の狙いは逃げ場をなくすことだったんだ。

頭上を見やる。

円上になった氷柱の吹き抜け部分から、エレノアが降下してきていた。逃げ場を失った俺を仕留めるために剣を振りかぶる。

躱せない。

かと言って、盾もないから防げない。

「これで終わりよ！　――はあああっ！」

エレノアは俺に向かって全力の一撃を叩き込んだ。

大気が震えた。

衝撃によって周囲を囲んでいた氷柱が砕け散った。

「え……!?」

エレノアは信じられないものを見る表情をしていた。

彼女は確かに俺の胴体を切り裂いた。

しかし、その剣は真っ二つに折れてしまっていた。

「そんな……!?　間違いなく直撃したはず……！」

「ああ。だが、お前の攻撃力より、俺の防御力の方が勝っていた」

それだけの話だ。

「……なるほどね」

エレノアは口元を苦々しげに歪めた。

「やっと理解できたわ。あなたたちがアンデッド軍を全滅させられたのは、あなたの常軌を逸した防御力があったから」

「そういうことだ」

俺は丸腰になったエレノアの首元に剣を突き付けた。

エレノアはふっと笑うと、

「……私の負けよ。私にはあなたを倒すための手段がない」

両手を挙げて、降参の宣言をした。

騎士たちの間からどよめきの声が起こった。

「……けれど、ここまで完膚(かんぷ)なきまでに負かされたのは初めてよ。――ジーク。あなたのことは覚えておくわ」

不敵な笑みを浮かべるエレノアを前に、俺は不穏な予感を覚えていた。……何か面倒なことにならなければいいが。

第十九話　雪解けの氷姫

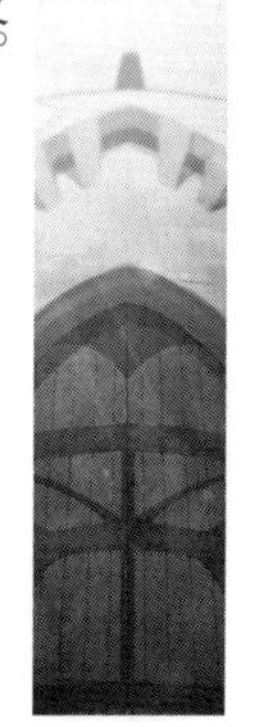

無事に騎士団たちとの揉め事を諫めることができた次の日の夜。

俺は兵舎の食堂で飯を食べていた。

衛兵たちの会話は騎士団のことで持ち切りだった。

「今まで横暴だった騎士団の連中が、急に大人しくなったよな」

「巡回中に出くわしたら、ありったけの嫌味や軽蔑（けいべつ）を吐きかけてくる上、手を出してくることもあったってのに」

「やっぱり、氷姫の指導が効いたんじゃないか？」

「昨日の打ち合いを見てたってのも大きいだろ。ジークの戦いぶりを見て、衛兵に対する見る目が変わったんじゃないか？」

騎士団に変化が生じたというのは俺も感じていた。

今日、巡回中に騎士たちに出くわした時のことだ。

『おい見ろ。ジークだ……！』

『ジークって言うと、昨日、エレノア副団長を打ち負かしたっていう……!?』

『お前はその場にいなかったな。恐ろしかったぜ。完膚なきまでに叩きのめして。まるで鬼神のようだった』

『そ、そんなにか……』

『機嫌を損ねようものなら、首を撥ねられるぞ』

『『ジークさん！　今日も巡回ご苦労さまです！』』

という具合にやけに畏まった態度を取られてしまった。

いつの間にか、噂に尾ひれがついて独り歩きしていた。

……いや、俺はそんな修羅のような男じゃない。というか、街中で仰々しく挨拶するのは辞めて欲しい。周りからの視線が痛いから。

まあ、騎士団が大人しくなったのなら良かった。

これで街の人たちが理不尽に苦しめられることも減るだろう。

そんなことを考えていた時だった。

「うおおっ⁉」

と衛兵の一人が飛び跳ねるような声を上げた。

ざわっ、とその場に動揺が走った。

「……ん？　何だか騒がしいな」

食事に虫でも入ってたのか？

そう思いながら衛兵たちの視線の先を見やった俺は――。

「……む」

と衛兵たちと同じように驚いた声を上げてしまった。

食堂の入り口に立っていたのはエレノアだった。白銀の鎧を身に纏い、月光のような艶やかで凛とした顔立ち。

騎士団の副団長の突然の来訪に、衛兵たちは色めき立っていた。

「な、なぜエレノアがここに……!?」

「騎士が衛兵の兵舎に来るなんて、前代未聞だぞ!?」

「ジークはいるかしら？」

動揺する衛兵たちを尻目に、エレノアが口を開いた。

彼女の研ぎ澄まされた佇(たたず)まいに気圧されたのだろう。

衛兵たちは「あそこですっ！」と一斉に俺の方を指さした。

……こいつら、あっさり同僚を売ったな。

エレノアと目が合う。すると、こちらに近づいてきた。俺は椅子に座りながら、彼女は傍に立ったまま相対する。

互いに見据え合う。

その様子を遠巻きに眺める衛兵たちはざわついていた。

「きっと、昨日、打ち合いで負かされた報復をしに来たんだ。今から血で血を洗う戦いが始まるんだよ……！」

「俺に何の用だ？」と尋ねた。

「……あなたに伝えたいことがあって来たの」

「伝えたいこと？」

「ええ」

エレノアは頷くと、しばらく黙り込んだ。

前髪を弄り、何やらそわそわとしている。

俺は彼女のその様子を見て小首を傾げた。

「どうした？　伝えたいことがあるんだろう」

「その……」

頬を朱に染めたエレノアは、躊躇いがちに言った。

「……私はどうやら、あなたに惚れてしまったみたいなの。だから、私と籍を入れて結婚して貰えないかしら」

「なるほど。結婚をな――ん？」

俺は復唱したところで、違和感を覚えた。思わず尋ね返す。

「……すまない。聞き間違えか？　今、結婚を申し込むと聞こえた気がするのだが。俺が決闘を結婚と空耳したのか？」

「いいえ。間違っていないわ。私はあなたに決闘ではなく、結婚を申し込んだの。生涯の伴侶となって欲しいと」

「…………」

俺はフリーズしていた。

「……なぜ？」

　やっとのことで振り絞った言葉がそれだった。

「言ったでしょう。あなたに惚れてしまったようだと。……ジーク。私の一番好きなものが何か分かるかしら」

「嫌いなものなら多少は分かるが」

「ふふ。それは光栄ね。少なからず私に興味があるということかしら？」

　いや、そっちが尋ねてくるから不可抗力的に得た知識だが。……まあ、ここは余計な口を挟まない方が賢明だろう。

「私が一番好きなのは、私よりも強い人よ。ジーク。あなたに負けてから、ずっとあなたのことが頭から離れないの」

　エレノアは胸に手を宛がって、真剣な表情で語った。

「あなたのことを考えると、胸が高鳴って、自分が自分じゃなくなるみたいなの。最初は魔法にでも掛けられたかと思ったわ。それで心配になって部下に相談してみたの。相手があなただとは伏せた上でね。そうすると、それは恋だと言われたわ。その時に初めて、私はあなたに惚れていることに気づいたの」

　エレノアは、氷姫としての無機質さを失っていた。その目は情熱的な熱を帯び、頬にはうっすらと朱が差している。

　氷姫の氷は、溶けてしまっていた。

雪解けをし、完全に乙女の表情をしていた。

「返事を聞かせて貰ってもいいかしら？」

「そう言われても困る」

何しろ予想外だったのだ。

「分かったわ。すぐに結論を出せとは言わない。二人の将来に関わることだもの。軽薄に答えるものではないわよね」

ふう。一旦、やり過ごすことができたらしい。

「……ところで、随分と大荷物を持っているようだが」

エレノアは随分と大きな荷物を抱えてきていた。

これから旅行にでも行くのか？

「これはね。騎士団を辞めて、衛兵団に入団しようと思って」

「――は？」

意表を突かれた。

「いや、でも、騎士としての誇りはどうなる？」

「もちろん、騎士としての誇りはあるわ。けれど、一番尊敬できるあなたが衛兵団に所属しているんだもの。なら、私も共にありたい」

「………………」

エレノアはどうやら本気のようだった。

マズい。

このままだと俺が原因で彼女が騎士団を辞めることになる。

「待ってくれ。考え直してくれ」

俺はそう言うと、エレノアの両肩に手を置いた。

「きょ、距離が近いわ……」

エレノアは恥ずかしそうにもじもじと目を逸らした。

「エレノアには騎士団にいて貰わないと困る。だから、俺は衛兵として、エレノアは騎士として
それぞれ街を守っていこう」

「……どうしてかしら？」

「衛兵団と騎士団の関係は良好とは言えないからな。俺とお前が、衛兵団と騎士団の架け橋にな
れればと思うんだ」

「それはつまり、私を信頼してくれているということ？」

「ああ」

「……分かったわ」

エレノアは頷いた。

「他ならぬあなたのお願いだもの。私は引き続き騎士団に籍を置くわ。本当はすぐにでも衛兵団
に入りたいところだけど」

よし。良かった。

何とか納得して貰えたみたいだ。

騎士団との関係を取り持って貰えれば、衛兵団としてもやりやすい。二つの組織が連携すればより街を守りやすくなるだろう。

ただ——。

「ジーク。また来るわ」

エレノアはそう言い残すと、微笑みを浮かべながら踵を返した。上機嫌に、軽やかな足取りで兵舎を後にする。

……まさかこんなことになるとは思わなかった。

◆

「ジークさん。聞きましたよ！」

翌日の朝。

兵舎の食堂で朝食を食べていると、セイラが鼻息を荒くして話しかけてきた。瞳の中には好奇心の星が瞬いている。

「朝からやけに元気だな。どうした？」

「エレノアさんに告白されたそうじゃないですか！」

「ああ。そのことか」

「どうして私にもっと早く教えてくれなかったんですか！　もしかすると、お力になれるかもしれなかったのに！」

「お力にって……。何をするつもりだったんだ？」

「ふふ。私、こう見えて恋愛話が大好きでして！　街の女性の方々からもよく、恋愛相談を受けることがあるんですよ！」

「へえ。そうなのか」

「なので、お二人にとっての恋のキューピッドになれるかと」

「しかし、耳が早いな。あの場にいた衛兵たちの誰かから聞いたのか？」

「ファムさんに教えて頂いたんです」

「ファムに？　あの場に彼女はいなかったはずだが」

「ウフフ。バッチリいたよ」

にゅっ、と食堂の席に座る俺の股の間から顔を出すファム。肝が据わっていない者ならひっくり返っているところだ。

「……妙なところから出てくるのは止めろ」

「僕は影のように、君を常に観察しているからね。エレノアが君に恋慕の情を伝えているところも舐めるように見ていたとも」

いるんじゃないかとは思っていたが。

油断も隙もない奴だ。

「それでジークさんはどうしたんですか？　告白を受けたのでしょうか？」

　セイラが前のめりになりながら尋ねてくる。

「そこはファムに聞いていないのか」

「はい。本人に直接聞いてくれと言われまして。どうなったのか気になりすぎて、昨日はろくに眠れませんでした！」

　見ると、セイラの目の下にはうっすらと隈があった。

「その時に聞きに来れば良かっただろう」

「いえ。もう夜分も遅かったですから。ジークさんがお休みになっているところを、邪魔するわけにはいきません」

　その辺りの配慮はしてくれているようだ。

　さすが気遣い人。第五分隊の連中で一番の常識人なだけある。

　これがスピノザなら部屋の扉を蹴破ってでも訊きに来ただろうし、ファムはそもそも俺の部屋に度々不法侵入している時点で論外だ。

「いや、告白は受け入れなかった」

「えっ⁉　そうなんですか⁉」

「ああ」

「エレノアさんはとても綺麗だし、聡明な女性ですよね？　……もしかして、ジークさんにはすでに恋人がいるとか？」

「いや、特にはいないが」

「では、どうしてですか？」

「恋愛に興味がないからな。今は付き合うとか、付き合わないとかより、この街を守ることに専念したい」

「はぇえ……。凄いプロ意識ですね」

セイラは感心したように呟いた。ついで苦笑いを浮かべる。

「他の人の恋愛話に一喜一憂している自分がバカみたいに思えてきました……」

「それはそれで良いんじゃないか？　価値観は人それぞれだ。恋愛に現を抜かす人たちを否定したりはしない」

要は本人がよしとするかどうかだ。

「では、ジークさんは誰ともお付き合いするつもりはないんですね」

「今のところはな」

「それを聞いて安心したよ」とファムが言った。

「なぜだ？」

「君が誰かと付き合うことになると、その相手とのデートであったり、イチャイチャする様を観察することになるからね。ＮＴＲの性癖に目覚めてしまいそうだ。脳が破壊されてしまうことになるのはゴメンだよ」

「ＮＴＲって。いつから俺がお前のものになった？」

そもそも俺とファムはただの同僚でしかない。

……しかし、こいつが四六時中俺のことを観察していると思うと、ますます特定の相手と付き合う気がなくなるな。

「というか、そういうお前たちはどうなんだ？」

「「？」」

「特定の相手はいたりするのか？」

「「……」」

セイラとファムは互いに顔を見合わせた。

セイラはあははと苦笑いを浮かべながら言った。

「私はその……他の人の恋愛話を聞くのは大好きなんですけど……自分のこととなると何も話せることがなくてですね……」

こと自分の恋愛についてはからっきしのようだ。

他人の色恋沙汰には全力で手を貸すし、頼れるキューピッドになれるが、自分の恋愛になるとシャイなタイプなのかもしれない。

「僕は人見知りだからね。そもそも異性と話す機会がほとんどない。必然、色恋沙汰などとは無縁になると言うわけさ」

こいつはそもそも社会不適合者だった。

「となると、第五分隊は全員、色恋沙汰とは無縁というわけか」

「まだスピノザさんには聞いていませんよ？」

「いや、あいつには聞くまでもないだろう」

俺はそう呟くと、食堂の入り口の方へと顎をしゃくった。

セイラは俺が指し示した方角を見やる。

そこには二日酔いなのか、懲役三百年を喰らった囚人のような顔をしたスピノザが壁に手を付きながらリバースしていた。

「うえええええ……！　えええ気持ち悪ぃ……！」

「うわあ！　こいつ！　吐きやがった！」

「最悪だ！　よりによって食堂でするのは止めろ！」

周りの衛兵たちはドン引きし、阿鼻叫喚（あびきょうかん）が起こっていた。

ちなみに彼女のこのような振る舞いは兵舎でのみ見られるものじゃない。街中のどこでも同じようなことを繰り返していた。

「そうですね。スピノザさんはきっと、私たちの仲間です」

「不安になったとしても、下を見れば彼女がいるから大丈夫だね」

セイラとファムはスピノザの様子を見てホッとしていた。

「私、第五分隊の皆さんと仲間で良かったです」

セイラはしみじみと呟いていた。

変な団結意識を抱いているようだった。

第二十話　闇墜ち

時と場所は変わり。

エストールの街からしばらく北に向かった先にある洞窟。

その最深部にて【紅蓮の牙】の面々はレッドオーガと対峙していた。

ナハトが受注したAランクの討伐任務をこなすためだった。

天を突くように屹立する二本の角。

妖しげに光る金色の瞳。

どっしりと筋肉質な体躯は、返り血を塗り固めたような色合いをしている。

A級モンスターであるレッドオーガの猛攻を前に【紅蓮の牙】の面々はまるでなすすべもなく全滅の危機に瀕していた。

「グオォォォォォォ！」

レッドオーガが魔法使いのハルナに向かって突進しようとする。

「げっ！　ヤバっ！」

ハルナは魔法を放つための詠唱態勢に入っているため躱しきれない。このままでは直撃することになってしまう。

そうなれば――致命傷は免れない。

「ちっ……！　バカが！」

その時だった。

ナハトがレッドオーガの突進の軌道上に立ち塞がった。

「えっ⁉」

「……ウソでしょ⁉」

ハルナも、そして弓使いのイレーネも驚きの表情を浮かべていた。

自分以外の誰かを守るための行動をする。

それは今までのナハトにとっては、到底あり得ないことだったからだ。

それだけナハトは必死なのだろうと彼女たちは思った。

ジークが抜けてからと言うもの、【紅蓮の牙】は任務失敗してばかりだった。

ギルドや他の冒険者たちは今の【紅蓮の牙】に懐疑的な目を向けていた。

【紅蓮の牙】の強さを実質的に支えていたのはジークだったのではないのかと。

最近、王都アスタロトの門番として就職したジークが、アンデッド軍との戦いで大活躍したという噂もその説に拍車を掛けていた。

だから、ナハトたちは今回、無理を言ってAランクの任務を受けさせて貰った。自分たちの力を証明するために。

失敗すれば、完全に信用を失ってしまうことだろう。

地位も名誉も、積み上げてきた全てが懸かっている。

だから、ナハトは必死だったのだ。いつもなら絶対にしないような泥臭いことでも、なりふり構わずにやった。

ハルナを庇うという行動も、その思いからだった。

しかし――。

それが通用するかどうかはまた別の話だ。

ナハトは盾で突進を受けようとするが、レッドオーガの体躯がぶつかった瞬間、全身の骨が弾けるような物凄い衝撃を受けた。

「ぐあああ!?」

ナハトの足裏が地面から浮き、背後の岩肌に叩きつけられた。胸元にせり上がってきた熱を吐き出す。血だった。

レッドオーガは再び、ハルナの方へと標的を変えた。

「喰らいなさい！」

まだ充分に魔力を練りきることはできていなかったが、これ以上は待てないと判断したハルナが火球を放った。

全力とは程遠い威力のそれは、レッドオーガの体躯に触れるとかき消えた。まるで相手に傷を負わせられた感触はない。

「……ダメね。魔力を練る時間が足りなさすぎる。全力の火魔法さえ放てれば、あいつを丸焼きにだってできるのに」

嘆いていても始まらない。今はとにかくこの場を乗り切らないと。このままだとレッドオーガに全員殺されてしまう。

ハルナは決意を固めると声を張り上げた。

「イレーネ。撤退するために転移魔法の準備に入るから援護して！」

「……りょーかい」

イレーネは小さく頷くと、弓に矢をつがえた。

レッドオーガの注意を引くために矢を放つ。次々と体躯に命中するが、それらはいずれも肉を穿てずに地面へと落ちた。

だが、問題ない。目的はすでに討伐から逃走へと切り替わった。

その間にもハルナは帰還のための転移魔法を練り上げていた。

洞窟の入り口に魔法陣が描かれていく。

「おい！　ふざけんな！　何が転移魔法だ！　勝手に判断すんじゃねえ！　みすみす任務を放棄するつもりか！」

「仕方ないでしょ！　このままじゃ全滅するんだから！」

「お前らが諦めようが、俺は諦めねえぞ！　ここで尻尾を巻いて逃げ帰ったら、ギルドや街の連中にバカにされるだろうが！」

ナハトは必死にハルナを止めようと叫びを上げる。

「【紅蓮の牙】がなくなっても良いってのか⁉　これは命令だ！　今すぐ止めろ！　俺といっし

ょにレッドオーガを倒すぞ！」

「うるさいわね！　命には代えられないでしょ！」

とハルナはナハトの声をかき消すように叫んだ。

「それに今頃になってやっと気づいたけど、【紅蓮の牙】なんて、あいつが辞めた時点でとっくになくなってたのよ！」

「なっ……!?」

「……だよね。それ、うちも思ってた。ジークがうちらを守ってくれてたから、凄い火力を生み出せてたんだって」

イレーネも追従するように呟いた。

「て、てめえら……！」

「よしっ。できた！　それじゃ、転移するわよ！」

「おい、止めろ！　俺の言うことが聞けないのか！」

ナハトの制する声を無視して、ハルナは転移魔法を発動させた。足元に描かれた魔法陣が放った強い輝きが【紅蓮の牙】の面々を包み込む。

レッドオーガがイレーネに向かって強烈な爪の一撃を繰り出したが、それは当たらずに空を切るだけに終わった。

「くそっ……ふざけやがって……！」

夜。ナハトは薄暗い路地裏をさまよい歩いていた。

まるで幽鬼のような足取り。

目は爛々と獣のように輝き、顔色は酷く悪い。

負のオーラが全身から立ち上っていた。

Aランク任務を失敗した後、【紅蓮の牙】は解散した。

冒険者ギルドに解散させられたというわけじゃない。

ハルナとイレーネが『ねえ。今からでもジークに頭下げて、戻ってきて貰わない？』と言ったのを聞いて激高したナハトが二人を追い出したからだ。

『やっぱりあいつがパーティの要だったのよ。あたしたちが戦えていたのは、あいつが敵の攻撃を受け止めてくれてたから』

『だよね。うちもそう思う。いなくなるまで、気づけなかった』

その言葉が許せなかった。

自分よりもジークの方が優れていると主張する彼女たちが。

【紅蓮の牙】が解散したことによりナハトは一人になった。

すでに任務を失敗したことは街中の噂になっており、元々素行の悪かったナハトのことを受け入れてくれるパーティは現れないだろう。

「こうなったのも、あいつのせいだ。全部あいつの……！」

呪詛（じゅそ）を吐きながら暗い路地を歩いていた時だった。

『悔しいか？　何もかも奪われて』

突如、声が降り注いだ。

地の底から湧き出てくるような暗く冷たい声。

気づけば、目の前に黒い影が立っていた。姿形はまるで窺えない。この世のものとは思えないほどの不気味な威圧感があった。

「誰だ……!?」

『安心しろ。私はお前の味方だ』

黒い影はナハトに向かって言った。

弱った心の中に指を差し入れるように。

『お前のことをバカにした連中を全員、見返してやりたいと思わないか？　私がお前に力を与えてやろうではないか』

第二十一話　壊滅

朝。

俺は兵舎の個室のベッドで目覚め、日課のトレーニングをこなす。日が昇りきる頃には肉体が良い具合に覚醒していた。

——よし。今日も具合は万全だ。

程よいところで切り上げると、シャワーで汗を流す。身体が整う。さっぱりしたところで食堂へと足を運んだ。

すでに衛兵たちは各々食事を取っている。

——が、何やら様子がおかしい。

どことなく不穏な雰囲気を纏っていた。

「ジークさん！　大変です！」

違和感に小首を傾げていると、慌てた様子のセイラが駆け寄ってきた。一目散に俺の元にやってくると、

「あ、あのですね！　たたた大変なんです！」

身振り手振りを交えながら矢継ぎ早に捲し立てた。

相当な慌てようだ。

「落ち着け。まずは呼吸を整えるんだ」

「は、はい」

セイラは胸に手を宛がうと、息を吸った。

すーはーすーはー。

深く呼吸する度、ビキニアーマーに覆われた豊満な胸が隆起する。

「ふう……」

「落ち着いたみたいだな。それで？　何があった？」

「そうでした！　これを見てください！」

セイラが俺に差し出してきたのは新聞だった。

今朝の日付が記されたそれは、デンショバードがこの街に運んできたものだ。世界情勢や界隈の街のでき事が書かれている。

――ドクン。

今日の一面になっている記事を見た途端、心音が撥ねた。

「なっ……!?」

そこに書かれていたのは――。

『エストールの街、何者かの襲撃により壊滅。魔物の仕業か!?』

という目を疑うような見出しだった。

「エストールの街というのは、以前ジークさんのいた街ですよね？　それを見て、お伝えしなければと思いまして……」

「……ああ。紛れもなく俺がいた街だ」

俺が冒険者としての経験を積んでいった街。

俺が冒険者として【紅蓮の牙】の一員となり、仲間たちと共に戦い、成長し、最終的には決裂してしまった思い出の刻まれた街だ。

「それが、一夜にして壊滅してしまっただって……？」

「……はい。酷い有り様だったそうですよ。街は軒並み、焼き払われ、住んでいる人たちもほとんど亡くなられてしまったとか」

「だが、エストールの街には冒険者たちがいる。【紅蓮の牙】の連中も。彼らも皆、やられてしまったというのか……？」

「分かりません。けれど、壊滅したということは恐らく……」

「………………」

俺はテーブルについていた手で額を押さえると、目をキツく瞑った。

まぶたの裏に浮かんでくるのは【紅蓮の牙】の連中。

ナハト。ハルナ。イレーネ。

彼らは皆、【紅蓮の牙】が有名になるのと同時に人が変わってしまったが、俺にとっては長い時間を共に過ごした仲間だ。

あいつらも皆、やられてしまったというのか……？

「ジークさん。大丈夫ですか……？」

「ああ。問題ない」

俺は目を開けると、セイラの方を見やる。

過ぎ去ったことはもうどうしようもない。

今は目の前にある事態に向き合わなければ。

「……冒険者連中を軒並み倒してしまったとするなら、敵は相当の手練れだな。街一つを一夜で壊滅させたとなると、Aランク級か」

「恐らくは。ドラゴンやワイバーンでしょうか？　いや、でも、目撃情報もないのに突然現れるのは不自然ですよね」

ドラゴンやワイバーンの生息地帯には観測隊が常置されている。もし出現すれば、事前に街に警告が行くはずだった。

エストールの街は一夜にして壊滅状態に陥ってしまった。

とすると、敵は前触れもなくいきなり現れたことになる。

「……敵の正体は掴めないな。だが、魔物であればこの街も危ない。ここには光のオーブが安置されているんだから」

魔族にとってこの王都に安置された光のオーブは目の敵だ。

自らの主君である魔王が封じ込められているのだから。

放っておくとも思えない。

「とにかく、最大限に警戒しておく必要があるだろうな。俺たちは衛兵として、俺たちにできることをするだけだ」

エストールの街の一報は衛兵たちの間にすぐさま駆け巡った。

ボルトンは魔物たちがいつ襲って来ても迎え撃てるようにと、衛兵たちを総動員し最大級の警戒態勢を敷くように指示した。

俺たち第五分隊は最前線である門前の警備を任されていた。

「一夜にして、街を丸ごと滅ぼしちまう魔物ねえ……。とんでもない奴がいたもんだ」とスピノザが欠伸（あくび）を漏らしながら呟いた。

「まあ、今日来る分には一向に構わねえけどな。全く酔ってねえしよ。あたしの中の強者センサーが働いたのかもな」

「ウフフ。単にお金がなくて、お酒が飲めなかっただけだよね」

ファムが横やりを入れる。

「いずれにしても、警戒しなければなりません。そのような強大な魔物を、王都に入れてしまうわけにはいきませんから」

セイラは真剣な面持ちをしていた。

「そうだな」と俺も頷いた。

「――あ。誰か来たようですよ！」

セイラは前方を指さしながらそう叫んだ。

俺も含めた第五分隊の面々は身構える。いつでも迎え撃てる態勢になる。しかし、その警戒はすぐに解けることになった。

「どうやら、旅の方のようですね」

近づいてくるのは二つの人影だった。

ゆっくりと、時折よろめくように歩いている。

近づくにつれ、その姿がはっきりと目視できるようになる。

「あれは……！　ハルナとイレーネじゃないか……!?」

見間違えるはずがない。

門に向かってきていたのはハルナとイレーネだった。

「ジークさん。お知り合いなんですか？」

「俺のかつての仲間たちだ。エストールの街でパーティを組んでいた。……そうか。あの二人は生き延びていたのか」

「だが、随分と弱っているようだ。すぐに手当てをしないと」

「おい。ハルナ！　イレーネ！」

俺は持ち場を離れると、二人の下へと駆け寄った。

ハルナもイレーネも俺の姿を見ると、目を大きく見開いた。地獄に垂らされた希望の糸を見つけたかのような表情になる。

「ジーク……？」

「ひ、久しぶり。会えてよかった」

「聞いたぞ！　エストールの街が壊滅したそうだな。……だが良かった。お前たちは生き延びることができたんだな」

胸の中に安堵の感情が広がっていくのが分かった。

無事で本当に良かった。

そして、ここにいないもう一人の仲間について尋ねた。

「ナハトの奴はどうしたんだ？」

「そ、それが」

イレーネが気まずそうに口ごもる。

厭な予感がした。

「まさか、あいつはやられてしまったというのか？」

俺が尋ねると、イレーネは首を横に振った。どうやら違うらしい。では、なぜ奴はここに来ていないのだろう。

やがて、ハルナが苦虫をかみ潰すような表情で言った。

それは俺にとって、到底信じがたい言葉だった。

「ジーク。聞いて。エストールの街を滅ぼしたのは、ナハトよ」

◆

俺たちはハルナとイレーネを街の中へと迎え入れた。

本来、今の時期に外部の者を受け入れることはできないのだが、ボルトンにかつての俺の仲間だと話すと許可が下りた。

兵舎の救護室へと運び込む。

ハルナもイレーネも傷だらけでボロボロだった。

力尽きずにこの街に辿り着けたのが奇跡的なくらいだ。

衛兵団の回復術士と治癒薬のおかげで傷は塞がった。

二人が落ち着きを取り戻すのと同時に話を切り出した。

「さっきの話は本当なのか？　ナハトがエストールの街を滅ぼしたというのは」

「ええ。そうよ。あたしたち、見たもの。ナハトが高笑いを上げながら、エストールの街を焼き尽くしていくところを」

「街の人たちも次々に殺されていって……うっぷ」

「イレーネ。無理に思いだそうとしなくていい」

俺は青ざめた表情のイレーネの記憶に蓋をしようとする。彼女にとってエストールの街で見た光景はトラウマと化しているようだ。

「だが、どうして奴がそんなことを……」

「【紅蓮の牙】が解散したからじゃないかしら」

「……【紅蓮の牙】が解散しただと？　なぜだ？」

「あんたが抜けてから、【紅蓮の牙】は上手く回らないようになったから。今までなら楽勝でこなせてた任務も失敗するようになって。あたしたちはギルドの連中や冒険者たちからバカにされるようになったのよ」

「うちらが失敗続きになったのは、ジークが抜けてからだから。他の人たちは紅蓮の牙を支えてたのはジークだったんじゃないかって言い出して。それにムキになったナハトがAランク任務を受けようって言ったんだよね。今のうちらじゃ絶対無理だからって止めたんだけどまるで聞かなくて。街の連中を見返してやるんだって」

「それで任務を受けたんだけど、案の定、歯が立たなかったわ。全滅しそうになったから命からがら逃げ出したの。任務は失敗して、パーティの信頼は地に落ちた。その後ナハトと揉めたこともあって、紅蓮の牙は解散することになったのよ」

「そうだったのか……」

　俺がいなくなってから、そんなことになっていたのか。

　ナハトたちが苦戦していたことなど、まるで知らなかった。衛兵になってからは冒険者界隈の情報に疎（うと）くなっていたから。

「あいつは【紅蓮の牙】にいる自分に誇りを持ってたから。それをなくして、自暴自棄になって凶行に及んだのかも……」

　とハルナが言った。

「そうか。しかし、こんなことを言うのも何だが、ナハトの実力でエストールの街を一夜で滅ぼすのは不可能だろう」

　ナハトは実力者ではあった。

　だが、一人でエストールの街を滅ぼせるほどかと言われれば否だ。

「あの時のあいつは、何かに取り憑かれてるみたいだったわ。頭に角が生えてたし、見た目も禍々(まがまが)しかったし。それに……魔物を引き連れてた」

「たぶんだけどー。ナハトは魔族になっちゃったんだと思う」

「奴は魔に魅入られたというわけか」

　この前のリッチのように、人間の中でも魔族に寝返る者はいる。

　もしかするとナハトも唆されたのかもしれない。

　ちなみに魔物と魔族は似て非なる存在だ。

　魔王やその眷属(けんぞく)など、強大な魔力を持つ者は魔族に分類される。魔物の上位互換が魔族と捉えると分かりやすい。

「……あいつ、街を焼き払いながらあんたのことを叫んでたわ。俺をこんな目に遭わせたジークは許さないって」

「凄い逆恨みじゃんね」

「……たぶん、近いうちにナハトはこの街を襲いに来るわ。ジークがこの街にいることはあいつも知ってるから」

「そうか。報せてくれて助かった」

　敵の素性が分かっていれば、対策も立てやすい。

「お前たちはこれからどうするつもりだ？」

「何も考えていないわ。本当はパーティを解散した後、魔法学校の講師でも目指そうかなと思ってたけど。街はなくなっちゃったし」

「そうか。なら、しばらくこの街にいるといい。俺から話は通しておく。落ち着いた後に働き口を探す手伝いもしよう」

　俺がそう言うと、その場に沈黙が降りた。

　見ると、ハルナもイレーネも唖然とした表情をしていた。

「……どうしてよ」

「ん？　何がだ？」

「……あたしたちはあんたにこれまで散々、酷いことをしてきたのよ？　まさか、忘れたわけじゃないでしょう？」

「普通だったら怒ったり、見捨てたりすると思うんだけど」

　二人の不安げな表情の裏には、罪悪感が透けて見えていた。ああ。彼女たちは一応、悪いとは思っていてくれたのか。

「……そうだな。忘れたわけじゃない」

俺は言った。

「俺はお前たちに散々罵倒され、罵られた。足手まといと言われたり、ただ突っ立ってるだけの案山子と言われたりな」

「だったら――」

「だが、俺はお前たちに貰ったものも忘れたわけじゃない」

「「え……？」」

「俺が最初、パーティに入った時、中々馴染めずにいた俺に対して声を掛けてくれたのはハルナ――お前だっただろう」

俺はパーティの中で一番後に入った。

だから、任務達成の打ち上げの際も、中々馴染めずに隅の方にいた。

そんな俺に対して、声を掛けてくれたのはハルナだった。

『ジーク。どうしてそんなところにいるのよ。もっとこっち来なさいよ。今日はあんたの歓迎会も兼ねてるんだからね？』

『ほら、主役は真ん中に来る！』

彼女が明け透けに俺に接してくれたおかげで、他の面々も遠慮することがなくなり、俺は彼らの仲間となることができた。

「イレーネは俺とナハトが口論になって揉めた時、後でこっそりナハトに俺へのフォローの口添えをしてくれていただろう」

　パーティが発足したての頃は方針を巡って俺とナハトは対等に喧嘩をしていた。互いに高みを目指しているからこその口論。

　イレーネはそんな俺とナハトが決裂しないようにと取り計らってくれていた。

「……そういえば、そんなこともあったわね」

　とハルナが呟いた。

「もう凄い昔のことのように感じるかも」とイレーネが言った。

　最初は俺たちもちゃんとした仲間だったのだ。互いが互いを尊重し合い、一つの目標に向かって邁進することができていた。

　何も得ていなかった時の方が、得た後よりもずっと充実していた。

　富や名声、得たものに比例して俺たちの関係はいびつなものになっていった。そして紅蓮の牙は壊滅してしまった。

　だが――。

「パーティを抜けた今も、俺はお前たちの仲間だ。少なくとも俺はそう思っている。仲間が困っているなら助ける。当然だろう」

「「…………」」

　ハルナとイレーネは信じられないものを見るような目で俺を見た。やがて、二人は同時に同じ行動を取っていた。

「「ごめんなさい！」」

俺に向かって深々と頭を下げてきた。

「な、何だ。どうした」

俺は言った。

「もしかして、傷を治癒したことか？　それなら気にするな」

「そうじゃないわ」

ハルナは首を横に激しく振った。

「謝らせて欲しいの。あたしたちが今まであんたにしたこと全部。本当はあんたがあたしたちを支えてくれていたのに。それに気づけずに酷いことをたくさん言って……。今頃になってようやく気づくなんて、本当にダメだとは思うけれど。もちろん、許して貰えるとは思っていないわ。でも、ただ、謝らせて欲しい」

「許すさ」

「えっ？」

「間違えることは誰にでもある。たった一度の間違いで全てが終わるほど、俺たちの仲は浅いものじゃないだろう」

それに、と俺は言った。

「俺は誰かを正せるほど、正しい人間じゃない。いや、俺だけじゃない。皆、どこかしら間違ってるんだ」

「ジーク……」

「顔を上げてくれ。俺はお前たちが生きていてくれたことが嬉しい」

「…………」

「どうした？」

「ううん。ホント、相変わらずだなって思っただけよ」

「ジークって、根っからのお人好しだよね。うちらに罵倒された時も、言い返してきたことは一回もなかったし」

「それは単にボキャブラリーに乏しいだけだ」

照れ隠しにそう呟いた。

ハルナとイレーネはそんな俺を見て、小さく微笑みを浮かべた。その表情は、最初俺と出会った頃の純粋な彼女たちを感じさせた。

思えば、こうしてちゃんと対話するのは本当に久しかった。

第二十二話　騎士団への協力要請

まずは敵の情報を把握しなければならない。

ナハトが率いていた魔物の群れについて。

俺はハルナとイレーネに詳しいことを聞いた。

彼女たちのおかげで敵の戦力を把握することができた。

敵の戦力は飛行系や魔法使い等、正面以外から攻めてくる魔物が多い。となると正面の門を守る俺たちだけでは対処するのが難しい。

「なら、騎士団の連中とも連携を取った方がいいだろうな」

このままでは明らかに戦力が足りない。

それに衛兵たちは接近戦を主戦場とする者が多い。飛行系の魔物であったり魔法を使う魔物と対峙するのは不得手だ。

騎士団の連中の方がそれらの魔物の扱いには慣れている。

単純に衛兵よりも騎士団の方が戦闘力に長けているしな。

協力を仰がない手はない。

俺はボルトンに、魔族に墜ちたナハトが攻めてくること、迎え撃つためには騎士団との連携が必要になることを話した。

「分かった。俺から騎士団長のグレゴールに要請してみよう」

　ボルトンは騎士団に要請を送ると引き受けてくれた。しかし、午後になって兵舎に戻ってきた彼の表情は渋かった。

「どうでしたか？」と俺は尋ねる。

「……どうもこうもねえよ。突っぱねられた。衛兵風情に手を貸すつもりはない。我々は我々の守るものがあるだとよ」

　ボルトンは苛立ちに任せてテーブルを拳で叩いた。ドン！　という音に周囲の衛兵たちがビクッと身体を竦めていた。

「それでボルトン団長は何と返事を？」

「――ハッ。クソ食らえって吐き捨ててきてやったよ。あの野郎、こめかみをピクピクとさせていたくご立腹のようだったぜ」

「ああ……」

　俺は額を押さえながら天を仰いだ。

　完全に交渉は決裂してしまったらしい。俺たちは同じ街を守る同志だというのに。何故このようにこじれてしまうのか。

「ジークさん。どうしましょう？」

　とセイラが意見を仰いできた。

「もうさあ、あたしたちだけで良いんでねーの？」

「僕としてもその方が嬉しいね。知らない人が多くなると緊張するから。僕はこう見えても人見知りなんだよ」

「それは知ってるが」

どう見てもファムは人見知りだった。

「せっかく戦力があるんだ。使わない手はないだろう。騎士団と連携が取れれば、防衛戦は遙かにやりやすくなる」

「でも、グレゴールさんには断られてしまいましたよね？」

「グレゴールにはな。だったらその下の奴に頼んでみればいい。ちょうど俺たちにはツテがあることだしな」

「ツテですか？」

「ああ。グレゴールに次ぐ地位にいて、奴以上の人望を持つ者がな。この時間なら巡回に出ている頃だろう。行くぞ」

俺は第五分隊の仲間たちを連れて兵舎を出た。

街中を歩いて探し回る。

――見つけた。

大通りを一本逸れた路地に彼女の姿はあった。

石畳の上にしゃがみ込んだエレノアは、柔らかい微笑みを浮かべながら、目の前にいる子猫にミルクを与えていた。

子猫はピチャピチャとミルクを舐めていた。

「……ふふ。そんなに急がなくても、誰も取ったりしないわ。ゆっくり飲みなさい。私が見張っておいてあげるから」

「エレノア。ここにいたのか」

「にゃっ⁉」

まるで猫のような声を上げてエレノアは肩をビクッと跳ねさせた。振り返り、俺たちに気づくと頬を朱に染めた。

「……み、見ていた？」

「何をだ？」

「……私が子猫に語りかけていたところを」

「随分と優しい表情をしていたな。まるでその子猫の母親のようだった。剣を握っている時とは別人だ」

「……っ～⁉」

エレノアは声にならない声と共に目を見開くと、その場で頭を抱えてしまった、耳まで真っ赤に熟れている。

「……よりにもよって、あなたに見られてしまうなんてね。ふふ……。終わりよ。もう私は生きていけないわ」

「別に恥ずかしがることはないだろう。子猫に見せていたお前の表情は魅力的だったと思うが」

「み、魅力的……⁉」

「ああ」

「……そ、そう。まあ、真に受けるほど私は単純な女ではないけれど。寝る前に今の言葉は何度も脳内再生させて貰うわ」

こほん、と咳払いをしながら言うエレノア。

しっかり真に受けているようだった。

「……さっき、私を探してたと言っていたけれど」

「ああ。エレノア。お前に頼みたいことがあってな」

「私に頼みたいこと？」

俺はエレノアに事情を説明した。

この街にもうじき、魔族が攻めてくること。騎士団の協力を仰ぎたいが、グレゴールに撥ねのけられてしまったこと。

「なるほど。それで副団長である私にね」

エレノアは言った。

「確かに私は裁量権を持っているから、騎士団全員は不可能だとしても、かなりの人数を動かすことができるわ」

「なら――」

「けれど、それは私自身の判断に基づくならの話よ。衛兵の要請に応えたと知れれば、グレゴールは黙っていない」

エレノアは睨み付けるように俺をジト目で見てきた。

「騎士団内での私の立場も危うくなりかねない。……それが分かっていてもなお、あなたは私に協力を要請するのかしら？」

「ああ。そうだ」

俺はエレノアの両肩を掴んだ。

「エレノア。お前だけが頼りなんだ」

「わ、私だけ……？」

「他の誰でもない、お前にしか頼めない」

「そ、そんなに真摯な目で見つめないで頂戴。反則よ……」

エレノアはたじろいだように目を逸らした。いつもの気丈さはそこにはない。居心地が悪そうに身体を縮こまらせていた。

「……あ、あなたがそこまで言うのなら。協力してあげてもいいわ」

「本当か⁉」

「……ええ。ただ、それで私が騎士団を辞めるようなことになったら、あなたにその責任は取って貰うけれど」

「大丈夫だ。そのようなことにはさせない」

「……そ、そう。まあ、私としては、騎士団を辞めた責任として、あなたに貰ってもらうというのもゴニョゴニョ……」

「おい、こいつ。チョロすぎねーか？」

「完全にメスの顔をしていたね。氷姫もかたなしだ」

「しっ！」

スピノザとファムがぼそりと呟いたのを、セイラは口元に指を立てて制していた。

ともあれ、騎士団に協力を取り付けることができた。これで万全の状態でナハトたちを迎え撃つことができるだろう。

第二十三話　戦い

それから二日が経った午後のことだった。

空は完璧という言葉が似つかわしい青色をしていた。思わず不気味になるくらいに。隅から隅まで僅かな曇りもなかった。

俺たち第五分隊は午前の巡回を終え、兵舎に戻ると、一息ついていた。凪のような時間がそこには流れていた。

ウゥゥゥゥ……！

穏やかな時間を打ち払うようにけたたましい警報の音が鳴り響いた。生理的な嫌悪感を引きずり出すような音色。

「奴らだ！　魔族の連中が攻めてきたぞ！」

外から衛兵の怒声に近い叫びが聞こえてきた。

街をぐるりと囲む石壁にそびえる見張り塔から観測したのだろう。

一瞬にして、その場に緊張感が流れる。

ボルトンは兵舎にいた衛兵たちに告げる。

「よし。総員、配置につけ！」

その号令に従い、衛兵たちは散り散りになる。

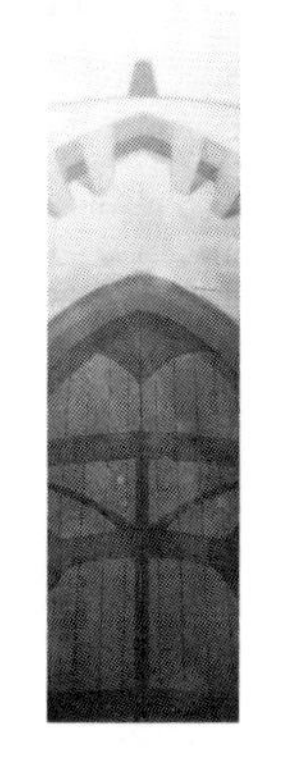

俺たちの持ち場は以前のアンデッド戦と同じだった。最前線の門前。戦いにおいてまず死守しなければならない場所だ。

当然、激しい戦いになり、多大な危険を伴う。

前回は俺たち第五分隊の四人だけで防衛することになった。しかし、今回は他の分隊の衛兵たちも加わることになっていた。

「いいのか？」と俺は彼らに尋ねた。「死ぬかもしれないんだぞ」

すると、衛兵たちはこう答えた。

「ジークたちは前回、たった四人で立派に戦い抜いた。その姿を見て、何というか、格好いいと思っちまったんだよ」

「俺たちも最初は理想を抱いて入団したんだ。秘宝や街の人々を守りたい。世のため人のために戦いたいってさ」

「けど、働いてるうちにそんな気持ちも忘れちまってた。……お前たちを見ているうちにその時の気持ちを思いだしたよ」

「俺たちもいっしょに戦わせてくれ。大切なものを守るために」

ということらしかった。

衛兵たちは皆、真剣な顔つきをしていた。最初に出会った時とはまるで違う。戦う人間としての覚悟が備わっていた。

「ジーク。頼んだぜ」

とボルトンに声を掛けられる。

「……かつての仲間と戦うのは辛いだろうけどよ」

「いえ。覚悟はできています」

俺はこの街の衛兵だ。

王都の人々に危険をもたらす存在であれば、容赦なく打ち倒す。それがたとえ、かつての仲間だったとしても。

「ジーク。あたしたちもいっしょに行くわ」

「うちらも少しは役に立てると思うし」

「……ハルナ。イレーネ」

ハルナとイレーネも戦いに志願してきた。

彼女たちは寂しげな表情を浮かべながら言う。

「あんな奴だけど、ずっとこれまで戦ってきた仲間だから。あたしたちがあいつのことを止めてやらないと」

「ここで放っておくのは、無責任すぎだよね」

「危険な戦いになるぞ」

「そんなのは覚悟の上よ。あたしらがどれだけ死線を潜ってきたと思ってんの。死んでも死んだりしないわよ」

「それにいざとなったら、ジークが守ってくれるっしょ」

ハルナとイレーネは薄く微笑みを浮かべる。死の危険を覚悟して腹を括りながらも、俺に対する信頼の眼差しを感じた。

大丈夫だ、と俺は心の中で呟いた。

お前たちも第五分隊の連中も同僚の衛兵たちも皆、俺にとって大切な仲間たちだ。絶対に守り抜いてみせる。

「うっしゃ。とっとと全員ぶっ飛ばして、祝勝会でも開こうぜ。街の連中の驕りでタダ酒をしこたま飲んでやるんだ」

スピノザが手のひらに拳を打ち付け、ニヤリと笑う。

全身から精気が張っている。すでにやる気万端のようだ。

「ウフフ。悪いけれど、MVPの座は渡さないよ。僕はこの戦いで大活躍して、ご褒美としてジークに頭を撫でて貰うんだ」

ファムは目の前に垂らされたニンジンのためにモチベーションを上げていた。ちなみに俺は一言もそうするとは言っていない。

「ジークさん。行きましょう！」

セイラが俺に手を差し伸べてくる。

「――ああ」

俺は仲間たちに向かって頷いてみせると、一歩前に踏み出した。そしてかつての仲間を止めるために門前へと急いだ。

門前へと辿り着いた。

しばらくすると、遠くに無数の魔物の影が見えた。

その先頭に立って率いる者。

頭部に二本の角を生やし、膨張した筋肉質な身体には紋章が刻まれている。はち切れんばかりの魔力が蜃気楼のように立ち上っていた。

変わり果ててしまったが間違いない。

奴はかつて俺の仲間だったナハトだった。

「ナハト……」


「……ジーク。ようやく見つけたぜ」

ナハトはジークを金色の瞳で見据えると、口元を歪めた。それは三日月のような、邪悪な感情に支配された笑みだった。

余裕めいていた彼の笑みはしかし、ジークの背後に揃った衛兵たちの中に紛れている者たちを見た途端にかき消えた。

――あれは……ハルナとイレーネか？　殺し損ねたと思っていたが、アスタロトの街に逃げてきていたのか。

なぜ他にも逃げ場所がある中でここを選んだのか？

理由は一つしか考えられない。

ジークの奴がいるからだ。

Aランク任務に失敗した後、あの二人は言った。

『ねえ。今からでもジークに頭下げて、戻ってきて貰わない？　もちろん、許して貰えるとは思えないけど……。でも、あいつが【紅蓮の牙】の大黒柱だったわけだから。あたしたちだけじゃどうにもならないわよ』

ナハトから命からがら逃げ出した後、二人はジークを頼ってこの街を訪れた。そして共にいるということは――。

ジークの奴はあいつらを受け入れたってことか？

そしてあいつらもまた、それに甘んじた。

「……ふざけやがって！　結局、お前らはジークに寝返ったのか！　俺じゃなく、ジークの方を選んだってことだな⁉」

ナハトは全てにおいてジークに勝っている自負があった。

奴は自分の踏み台であり、嘲笑うためだけの存在だと。

だから、散々弄んだあげく、飽きたから捨てた。

ナハトはジークをパーティから追い出した時、何の感慨もなかった。

奴はこれで孤独になったと高笑いしたくらいだ。

だから、ナハトは許せなかった。

二人がジークの下に身を寄せていることが。

ハルナとイレーネがナハトではなく、ジークを選んだのだということが。

「……許さねえ。ジークだけじゃねえ。ハルナもイレーネも。この街の連中も皆、纏めて皆殺しにしてやるよ」

第二十四話　二人の違い

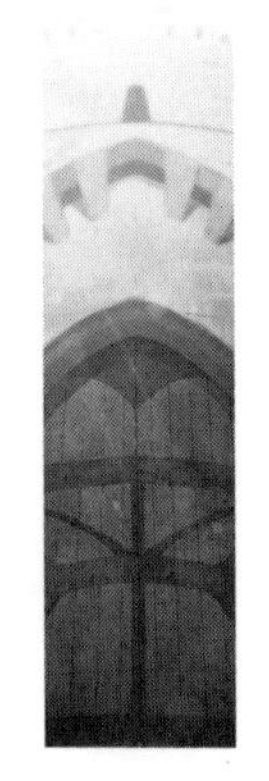

『安心しろ。私はお前の味方だ』

紅蓮の牙が解散したあの日。

エストールの街の路地裏。

あの男はナハトに向かってそう言った。

『お前のことをバカにした連中を全員、見返してやりたいと思わないか？　私がお前に力を与えてやろうではないか』

目の前の男はいったい何者なのか？　信用しても大丈夫なのか？　関わると取り返しのつかないことになるのではないか？

浮かんだいくつもの思考は、泡のように弾けて消えた。

ナハトは黒い感情のままその言葉に身を任せた。

心が暗い影のようなものに支配されていくのが分かった。

だが抵抗しなかった。ナハトに躊躇するだけの枷（かせ）はもうなかった。自分を認めない世界の何もかもをぶち壊したいという衝動だけがあった。

与えられた力は望外のものだった。

今までの自分は仮初めの姿であり、ようやく本来の姿を取り戻した。生まれ変わったかのような全知全能の感覚に浸る。

そして、胸の中で黒く煮えたぎる激情に任せて街を襲った。

憎くて堪らない何もかもを焼き払った。

冒険者ギルドも、陰口を叩いてきた冒険者のクソどもも、凋落した【紅蓮の牙】に好き勝手なことを言う街の連中も。

気に入らないものは全て消してやった。

愉快で堪らなかった。

自分を認めなかった者たちが、圧倒的な力の前に屈していく様は、胸の中の膿が溶けていくような心地がした。

だが、まだだ。まだ足りない。

この怒りを収めるにはあいつらを殺さなければならない。

自分のことを見限ったハルナとイレーネ。

そして何よりもあいつだ。

自分を今の状況にまで追いやった張本人――ジークだ。

奴らを全員殺し尽くさない限りは、心に安寧は訪れない。

エストールの街を壊滅させた後、ナハトに力を与えた男が再度現れ、今度はアスタロトの街を襲って欲しいと持ちかけてきた。

そこには魔王を封印している光のオーブが安置してある。魔王を再臨させるためにも光のオーブを破壊して欲しいと。

男に言われるまでもなく、ナハトはアスタロトの街を襲うつもりだった。

魔族としての矜持（きょうじ）に目覚めたとか、そういう殊勝な話じゃない。

アスタロトの街にはジークがいるからだ。

奴はあの街の衛兵として活躍していると風の噂で聞いた。門番としてアンデッド軍の侵攻を少数精鋭で撃退したのだとか。

……ジークが守る街を完膚なきまでに壊滅させる。建物も人も一つ残らず。自分の無力さを散々思い知らせてやった後、絶望の中で殺してやる。

だから、魔物をかき集めて、アスタロトの街を襲うことにした。

——今の俺に敵う奴なんざ、この世に一人もいねえ。ジークの野郎が守ってきたものを根こそぎ奪って踏みにじってやるよ。

戦う前、ナハトは思っていた。

これは戦いではなく、一方的な蹂躙だと。

ジークたちがただいたぶられるだけのショーだと。

しかし——。

実際に戦闘が始まってしばらくすると、勝手が違うことに気づいた。

ナハトの差し向ける魔物たちは一向に街中へと侵入することができない。

門前の衛兵たちや、街を囲む石壁にいる騎士たちに全て阻（はば）まれてしまう。

『ナハト様！　ご報告です！　西方の上空から侵入を試みようとしましたが、待ち伏せの兵たちに阻まれて失敗しました！』

『こちらの隊も全滅いたしました！　私も――うわあああ⁉』

『我々の手が全て読まれているようです！』

配下の魔物たちから次々に通信魔法が入ってくる。

しかしどれも吉報ではなく、凶報ばかり。

すでにやられてしまったのだろう。

再度連絡を取ろうとするが、繋がらない者も多かった。

「くそっ……！　どうなってやがる……⁉」

ナハトの指揮は全て敵に読まれてしまっていた。

まるで心を見透かされてしまっているように。

――魔物の中に内通者がいるのか？　いや、違う。そんな奴がいればすぐに分かる。俺の手が読まれているんだ。

いったい誰に？

ハルナやイレーネに指揮ができるとは思えない。

だとすれば――。

「ジークか……！」

奴とはこれまでに何度も戦いを共にしてきた。

ナハトの思考や指揮体系を把握していたとしてもおかしくない。だが、ジークに自分の一枚上手を行かれているというのは、耐えがたい屈辱だ。

「てめえら！　怯むんじゃねえ！　殺せっ！　殺すんだ！」

配下の魔物たちに向かって指示を出す。しかし、魔物たちの攻撃は最前線に立つジークによって完璧に防がれてしまう。

「バカヤロウ！　ジークばかり狙うんじゃねえ！　他の奴から狙っていけ！　まずは後衛の連中を殺すんだよ！」

『ダメです！　奴にしか意識が向きません！』

『他の者を狙おうとしても、攻撃を吸収されてしまいます！』

「ぐっ……！」

なぜだ。なぜなんだ。

ナハトは魔物たちの報告を聞いてあることを思い出していた。

まだジークが【紅蓮の牙】に在籍していた頃。ダンジョンで戦っている敵は皆、ジークのことばかり狙っている気がしていた。攻撃をしているのは自分たちにもかかわらず。ただ突っ立っているだけの奴にしか目をくれなかった。

……あれは奴のスキルだったたっていうのか。突っ立っていたわけじゃなく、敵の攻撃を全部自分一人で受け止めてたってのかよ。

ジークがこちらの攻撃を全て止めている分、後続の衛兵たちは後顧の憂いなく存分に力を発揮することができていた。

　その姿は――かつての【紅蓮の牙】を彷彿とさせた。

　冒険者たちの言葉が脳裏をよぎる。

『凋落しだしたのはメンバーが一人抜けてからだろ？　あの大柄の男だよ……確かジークとか言ったっけか』

『確か【紅蓮の牙】の連中がクビにしたんだろ？　実はそのジークって奴がパーティの要だったんじゃないのか？』

　ハルナとイレーネの言葉が脳裏をよぎる。

『やっぱりあいつがパーティの要だったのよ。あたしたちが戦えていたのは、あいつが敵の攻撃を受け止めてくれてたから』

『だよね。うちもそう思う。いなくなるまで、気づけなかった』

　ふざけるな。そんなわけがない。

　だが……。

　今の劣勢と、魔物たちからの報告は真実を示しているように思えた。

　――俺たちの……【紅蓮の牙】の躍進は全部あいつのおかげだったってのか。俺はただのピエロだったって言うのか……？

　思えばずっとそうだった。

　俺やハルナやイレーネ、街の連中はジークのことを無能だと見做していた。何の役にも立たないでくの坊のお荷物野郎だと。

けれど、中にはジークのことを買っている連中もいた。

そしてそういう連中はこぞって、ナハトが認めて欲しいと思っている相手だった。

ギルドマスター。紅蓮の牙より高ランクのパーティのメンバー。数多くの冒険者たちが教えを賜りに来るような師匠レベルの実力者。

彼らは皆、密かにジークへと一目置いていた。

ナハトが本当に認められたかったのは何も分かっていない街の連中なんかじゃない。そういう本物の才能を持った連中だった。

だが、彼らはナハトに見向きもせず、ジークのことを評価していた。

それが堪らなく憎かった。許せなかった。

だから、苛立ちを紛らせるように奴に当たった。

そこでジークが苦悶したり、卑屈な態度を取っていたら溜飲も下がっていただろう。

だが奴は何も言い返してもこなかったし、やり返してもこなかった。

卑屈になるわけでもなく、ただ泰然とナハトのやることを受け止めていた。それは弱者の振るまいではなく、強者の振るまいだった。

それがまた、ナハトの気持ちを逆なでした。

「ジークさん！　お身体は大丈夫ですか⁉」

「ああ。問題ない」

「へっ。さすがだな。もうちょっと踏ん張ってくれや。そしたら、あたしらが魔物連中を一網打尽にしてやるからよ」

「スピノザ。期待しているぞ」

「敵の目が君に向いているおかげで、敵は皆、隙だらけだからね。面白いように魔物たちの眉間に矢が当たるよ」

「ファム。引き続き援護を頼む」

「エレノアさんが騎士団の方を指揮してくださるおかげで、城壁の警備も万全です。魔物は一匹も侵入していません」

「後で彼女にはお礼を言っておかなければな」

「きっと喜んでくださると思いますよ」

「あたしたちも負けてはいられないわ！　イレーネ！　ぶちかますわよ！」

「おっけー」

「よし！　俺たちも第五分隊の連中に負けてはいられねえ！　続け！　王都を守るために魔物共を一掃してやるんだ！」

「「うおおおおおおっ！」」

ナハトは目の前に広がる光景が忌々しくて堪らなかった。

どいつもこいつも、生き生きとしていやがる。何よりも、全員、ジークに対して全幅の信頼を寄せた眼差しを向けていやがる。

……吐き気がする。胸の中の黒い感情が疼いて仕方がない。

「おい、てめえら！　もっと気合いを入れていけ！　死ぬ気で戦うんだ！　相打ちになるくらいの覚悟を見せやがれ！」

『無理ですよ！　もう勝ち目はありません！』

『このまま無駄死にするのはゴメンだ！　俺はここで降りさせて貰います！』

『後はあんただけで勝手にやってくれ！』

「――あっ！　てめえら！　待ちやがれ！」

魔物たちはナハトの指示とは裏腹に、次々と撤退していく。呼び止めるが、彼らの心はすでに醒めきってしまっていた。

ナハトの周りからは誰もいなくなっていく。孤立していく。

ジークの周りには大勢の人が集まっている。信頼されている。

ジークをパーティから追い出した時には完全に見下していたはずなのに、今では完全に自分が見下される立場になってしまっていた。

「まだだ……！　まだ終わってねえ……！　奴を殺すことさえできれば……！　魔物連中も戻ってきて勝機があるはずだ……！」

第二十五話　終戦

――もうほとんど勝敗は決したな。

俺は目の前の光景を眺めながらそう思った。

魔物たちはほとんど壊滅状態。残った僅かな魔物もすでに勝機を見いだせず、ナハトの命令に背いて敗走してしまった。

戦場に残っているのは、将であるナハトだけだ。

「ジークゥゥゥ……！」

奴は血走った眼で俺を真っ直ぐに睨んでいた。

怨嗟（えんさ）の念が溢れ出している。完全に激情に取り憑かれてしまっていた。

どれだけの憎しみを抱けば、こんな表情ができるのか。

……今のナハトはもう、大勢のことなど考えていないだろう。奴の頭にあるのは、俺を殺したいという一念だけだ。

「あいつ、ヤバすぎるでしょ……。完全に正気を失ってる」

ハルナが怯えた表情で呟いた。

「……お前たちは下がっておいてくれ」

俺は手を伸ばすと、他の者たちを制した。

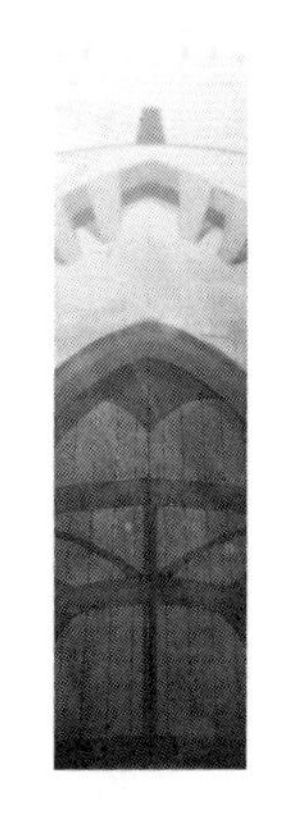

「ナハトのお目当ては俺だ。だから、手出しは無用だ」

仲間たちが不安そうに見守る中、ナハトの前へと踏み出した。

距離を取って相対する。

「ジーク……！」

「ナハト。お前は俺を殺したいんだろう。なら、一騎討ちといこうじゃないか。それなら余計な邪魔も入らない」

「……ははっ。望むところだ」

奴は口元を裂けそうなほどに歪めた。

ナハトの目は殺意に爛々と輝いていた。

すでに大局としての勝敗は決している。

たとえ俺に勝とうが戦いの結末が揺らぐことはない。

今の奴にとっては、光のオーブを破壊して魔王を復活させるという魔族にとっての悲願であったり、戦いの顛末はもはやどうでもいいのだろう。

ただ、俺を殺したい。

その想いのみに突き動かされている。

「グガアアアァッ‼」

ナハトは雄叫びと共に襲いかかってきた。

人間だった頃とは比べものにならないスピード。

地を蹴り、次の瞬間には俺の間合いへと無遠慮に飛び込んでくる。

丸太のように太い筋肉質な腕を振るってきた。

俺は身を屈めて躱した。先ほど、頭のあった空間が唸りと共に払われる。並みの人間が喰らえば首が跳ね飛ばされていただろう。

――身体能力が尋常じゃないほど強化されているようだな。まともに受ければ、身体が吹き飛ばされてしまうかもしれない。

ナハトは次々に一撃が致命傷となるような攻撃を繰り出してくる。

俺はそれらを盾でいなしていった。

「ジーク！　突っ立ってるだけじゃ、俺には勝てないぜ⁉　ははっ！　やっぱりお前は単なる案山子ってわけか！」

ナハトは威勢良く叫びながら猛撃を繰り出してくる。

思えば俺たちは長い付き合いだが、直接対峙したことは一度もない。今こうして、互いの生死を懸けた戦いが初だった。

――俺は防戦一方に徹していたわけじゃない。タイミングを計っていたんだ。もうお前の攻撃は完全に見切った！

ナハトが繰り出した右腕――そこに合わせるように盾を払う。

完璧なパリイ。

「ぐっ……⁉」

重心を崩したナハトは仰け反るような形になった。

俺はその胴体を剣で切り裂いた。

「がはぁっ……!?」

本来なら、それで決着がつくはずの一撃。

けれど、ナハトは地に伏せることなく持ちこたえた。

「さすがに魔族になっただけのことはあるな。随分と頑丈な身体だ。一撃で仕留めることができなかった」

ただ、かなりの深手を負わせることはできたはずだ。

ナハトの傷口からは紫色の血がしたたり落ちていた。

……そうか。奴はもう完全に魔族に墜ちてしまったんだな。

俺は奴の血の色を見て、哀しい気持ちになった。

あいつは変わってしまった。出会った時からも、人間だった時からも。

「確かにお前は人間だった頃より格段に身体能力は上がった。だがその分、動きが力任せで単調になってしまったな」

剣士だった頃のナハトには技術があった。研鑽の跡があった。しかし、それをなくした奴の動きを読むのは容易かった。

「だったら、読まれても防げねえ威力だったらいいんだろうが……!!」

ナハトはそう言うと、両手の平に魔力を集中させた。物凄い量の魔力を凝縮させた魔弾を生み出すと、怒声と共に放ってきた。

「消し炭にしてやるよ！」

唸りを上げながら飛来する魔弾。

たった一撃でも致命傷になりうるそれを、ナハトは次々と矢継ぎ早に放つ。これで全てを出し尽くすかのような勢いだ。

躱す暇もなく、魔弾を身体に浴びる。

衝撃で爆発が起こった。

辺り一帯が吹き飛ぶような威力。

「ハハハハハッ！　見たか！　これが俺の力だ！　誰にも止められない！　俺はお前よりも遙かに強いんだよ！」

勝利を確信したナハトは天を仰ぎながら高らかに笑った。だが、その笑みは煙が晴れると共に引っ込むことになった。

「なっ……!?」

硝煙が晴れた時、奴の視界に俺が映った。それが無傷であるのを見て、ナハトはこぼれそうなほど目を見開いた。

「——誰が誰より強いって？」

「む、無傷だと……!?　バカな！　あり得ねえ！　ジーク！　お前、いったいどんな手を使ったって言うんだ！」

「別に俺は何もしていない。ただ受け止めただけだ」

「く、くそっ……！　ハッタリだ！　ハッタリに決まってる！」

自分に言い聞かせるように叫ぶと、ナハトは再び魔弾を撃ち放ってきた。飛来したそれを俺は開いた右手の平で受け止める。

シュゥ……という音と共に魔弾は掻き消えた。

「ナハト。お前の攻撃は俺には通らない」

「うあああああああああっ！」

半狂乱になったように叫び声を上げると、俺の方へと駆け出した。奴は全ての魔力を右腕に集中させる。大きく振りかぶった。

俺は受けて立つことにした。剣を構え、迎え撃つ。

互いの身体が交差する。

叫び声は止み、戦場には静寂が降りた。

俺が剣についた血を払うのと同時、ナハトの体躯がぐらりと揺らいだ。くぐもった呻き声と共に地面へと崩れ落ちるのが分かった。

俺は蹲ったナハトの前に立つと、奴に剣先を突きつけながら呟いた。

「俺の勝ちだな」

「うぐ……！」

ナハトは恨めしそうに俺を見上げていた。

「まだだ……！　まだ終わってねえ……！　ここで負けを認めたら、街の連中に言われたことを認めることになる……！」

「街の連中に言われたこと？」

「俺たちが上手くいってたのは全部、ジークのおかげだと……！　【紅蓮の牙】は奴一人で持っていたんだと……！」

もうとっくに息絶えていてもおかしくないのに。

それでもナハトは、ボロボロになった体躯を引きずって起き上がろうとしていた。地面を這うようにしながらも。恐ろしいまでの執着だ。

ナハトはよほど、街の連中に言われたその言葉を根に持っているのだろう。だが、彼は勘違いをしている。

「ナハト。それは違う」

俺は言った。

「【紅蓮の牙】が上手くいっていたのは、俺一人の力なんかじゃない。お前たちがいてくれたからこそだ。ハルナやイレーネ。それに……ナハト。お前たちがパーティの剣として懸命に戦ったからこそ付いてきた成果だ」

それに、と続けた。

「お前たちが懸命だったからこそ、俺はそんなお前たちを守りたいと思った。だからこそ毎日鍛錬に励むことができたんだ」

俺一人では成長することができなかった。

ハルナやイレーネ。そしてナハト。

命を懸けて戦う仲間たちを守りたい、失いたくないと思ったからこそ、血の滲むような鍛錬にも耐え抜くことができた。

「ふざけんな……。ふざけんじゃねえ……！」

ナハトは地面を叩くと、呻くように叫んだ。

「お前は俺を見下してればいいんだ！　俺がお前にそうしてたように！　なのに……俺と対等な目線で喋ろうとするんじゃねえ！」

「対等だよ。俺たちは」

俺はナハトに告げる。

「どれだけ墜ちたとしても、お前は俺の仲間だったんだ。その事実は変わらない」

「止めろ……！　そんな目で俺を見るんじゃねえ！　俺はなあ！　お前のそういうところが昔からずっと嫌いだったんだ！」

その時だった。

魔力が尽きたからだろう。ナハトの体躯が灰になり始めた。その間もずっと、奴は俺に対する怨嗟の声を吐き続けた。

「俺がどれだけお前を罵倒しても、まるで言い返してこないところも！　ことさらに自分の手柄を主張したりしないところも！　何もかも受け入れるところも！　その全部が、殺してやりたいくらいに嫌いだった！」

俺は散りゆこうとするナハトの言葉を、ただ黙って受け止めていた。

散々、俺のことを力の限りに罵っていたナハトだったが、その間も消滅は進み、すでに肩から上の部分以外は消えてしまっていた。

「……ジーク‼」

もう後、一言か二言しか吐く猶予は残されていない。

そんな状況になった時、ナハトはふいに言葉を止めた。

俺の顔を見つめた後、うつむきながら絞り出すように言った。

「……今まで、すまなかった」

「ああ」

と俺は呟いた。

「許すよ」

それを受けたナハトは、ふっと小さく口元を緩めた。

「……俺は、お前のそういうところが一番嫌いだ」

「ああ」

散り際のその瞬間だけは、魔族ではなく、人間としての表情をしていた。

そこには最初、俺と出会った頃のナハトの面影を感じられた。

奴が完全に消滅すると、後には何も残らなかった。

ゆっくりと背後を振り返る。

そこには第五分隊の仲間や衛兵たちが俺を迎え入れようと待ち構えていた。

セイラにスピノザ、ファムに衛兵たち。ハルナやイレーネ。街を囲む石壁の上には騎士団やエレノアの姿も見えた。

俺は昔の仲間の記憶を胸に刻み込むと、今いる仲間の下へと踏み出した。

書き下ろし　迷子

衛兵の巡回業務の途中だった。

隣を歩いていたスピノザがげんなりした表情で言った。

「あー。今日も仕事だりぃなあ。クソ熱いしよぉ」

外は炎天下。街には高く昇った日の光が照りつけている。

「給料安いし、やり甲斐はねえし。騎士連中には舐められてるし。せめて昼から酒を飲まないとやってられねえよ」

「お前はただ酒を飲みたいだけだろう」

魂胆が透けて見えている。

俺たちが通りを歩いている時だった。対面からセイラとファムが向かってきた。その傍には一人の少年が連れられている。

セイラはこちらに気づくと手を振ってきた。

「ジークさん！　ちょうどいいところに」

「セイラ。どうした？」

「実は道で泣いているこの子を保護しまして」

年は五歳くらいだろうか。少年はグズグズと泣きじゃくっていた。

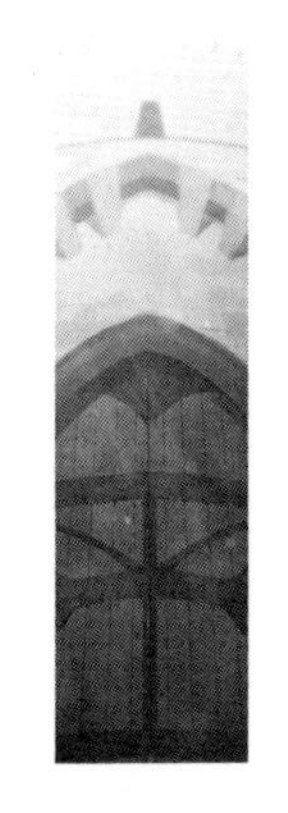

「それが分からないんです。恐らくそうだとは思うのですが……。さっきからずっとこの調子が続いていて」

「まずは泣き止ませないといけないわけか」

「はい」

ふむ、と俺は顎に手をやって考え込む。

「しかし、弱ったな。魔物が相手ならまだしも、子供を相手取るのは苦手だ。どうすれば泣き止むのか見当もつかん」

「魔物と子供を同列に語っている時点でそうだろうね」

とファムが言った。

「しゃーねえなあ。ここはあたしに任せとけよ」

「スピノザ。何か案があるのか？」

「おうよ。絶対に泣き止ませられる方法がな。まあ見とけって」

と告げると、スピノザは子供の前にしゃがみ込んだ。

いったい何をするのだろう――と思った時だった。

チャリン、と。

スピノザの手のひらから落とされた小銭が高い音を立てた。

「どうだ？」

「わーん。わーん」

少年はなおも変わらずに泣きじゃくり続けていた。

「あれ？　おっかしーなァ」

スピノザはその反応を前に怪訝そうに首を捻る。

「今のは何のつもりだったんだ？」

「いや、小銭が落ちる音を聞いたら普通誰でも泣き止むもんだろ。んー。もうちょい額を増やさないとダメか？」

「それで泣き止むのは君くらいのものだよ」

ファムが呆れたように呟いた。

「……全く。守銭奴の君には任せておけないな。ここは僕が一肌脱ぐとしようか。要は彼を泣き止ませればいいんだろう？」

「ああ」

「なら、こうすればいい」

そう言った次の瞬間——。

ヒュン、と。

ファムは懐から取り出したナイフを閃かせた。剣先を泣いていた少年の喉元へと突きつける。

「——今すぐ黙れ。さもなければ喉元を掻ききる」

「ひっ⁉」

少年は恐怖に顔を引きつらせると、一瞬、言葉を失った。だが、すぐに堰を切ったかのように感情が溢れ出す。

「わああああああ！」

さっきよりより一層泣き始めてしまった。

「おかしいな……。これで泣き止むと思ったんだけど」

「ファム。お前は俺よりも子供の扱いが下手だな」

「もう！　ファムさん、何をしているんですか！　この子が可哀想ですよ！　ああ。怖い思いをさせてしまってごめんなさい」

セイラは泣きじゃくる少年を優しく抱きしめた。

「よしよし。もう大丈夫ですからね」

慈しむように頭を撫でている。圧倒的なまでの包容力。

少年も安堵を抱いたのだろう。やがて、涙と声がぴたりと止まった。

「おお。凄いな。泣き止んだぞ」

「さすがセイラだね。ママ力が半端じゃない」

「ママ力って何だよ」

俺たちの感想を尻目に、セイラが少年に尋ねる。

「あなたがどうして泣いていたのか、よろしければ、私たちに話してくれませんか？　何かお力になれるかもしれません」

「あのね。僕、ママとはぐれちゃったの……」

やはり迷子だったらしい。

「そうですか。大変でしたね」

とセイラが少年の頭を撫でる。

「もう大丈夫です。私たちがママを探してあげます」

「……本当？」

「はい！　任せてください！」

セイラが胸に手を置いて、微笑みを浮かべた。そして俺たちの方へくるりと振り向く。

「ということで、この子のママを探しましょう！」

「えー。面倒臭えなあ」

「スピノザさん。街の人たちのお役に立つのも、大事なお仕事ですよ。戦うだけが衛兵の役割ではありません」

「へいへい。セイラは人が良いことで」

「だが、どうする？　王都内はかなり広い。しらみつぶしに探したとしても、そう簡単に見つかるとは思えないが」

「そうですねえ……」

「大声で叫べばいいんじゃねえの。あたし、声のデカさには自信があるぜ。王都中にガキの名前を響かせてやるよ」

「近所迷惑だろう」

「そういうことなら、僕に任せて欲しい」

「ファム。どうするつもりだ？」

「ふふ。まあ、見ておいてよ」

ファムはそう言うと、少年の元へと歩み寄った。そして顔をぐっと近づけると、少年の衣服をくんくんと嗅ぎ出した。

「お前、何やってんだ？　ショタコンだったのか？」

「失礼な。僕を変態扱いしないで貰えるかな。衣服の匂いを嗅いでいたんだ。これと近い匂いを探すためにね」

ファムはその場に四つん這いになると、今度は辺りの匂いを嗅ぎ出した。――ぴくっと鼻先を反応させる。

「――こっちだ」

そう呟くと、勢いよく駆け出した。しばらくファムの後について走っていると、

「あ！　ママだ！」

セイラに手を引かれていた少年が声を上げた。

彼が指さした先には、彼の母親と思われる女性がいた。

「ああ！　レン！　良かった！」

駆け寄ってきた少年を、女性は抱きしめた。しばらくそうしていた後、少年の母親は俺たちの

存在に気づいたようだ。

「あなた方がこの子を連れてきてくださったのですね。何とお礼を言えばいいか。本当にありがとうございました」

「お姉ちゃんたち、ありがとう！」

「いえ。お役に立てて良かったです」

満面の笑みを浮かべる少年に、柔らかく微笑みかけるセイラ。彼女は母子と別れた後、スピノザに向き直ると言った。

「ね？　衛兵のお仕事も、悪くはないでしょう？」

「……まあ。それなりにはな」

とスピノザは不承不承ながらも呟いた。

普段、魔物が襲ってこない時の衛兵の仕事は地味だ。

けれど、決してやり甲斐がないということはない。

「しかし、俺たちは大して役に立てなかったな」

「ジークさんには普段、戦闘の時にとてもお世話になっていますから。私たちもたまにはお役に立たないと」

「そうだよ。僕たちのことも頼って欲しい」

「それは頼もしいな」

俺はセイラたちに微笑みかけた。こうして、今日も王都の日は暮れていくのだった。

公式サイトで今すぐ読む
がうがうモンスター
➡https://gaugau.futabanet.jp/
スタート!!!

その門番、最強につき
~追放された防御力9999の戦士、王都の門番として無双する~
[漫画] あまなちた
[原作] 友橋かめつ
[キャラクター原案] へいろー
がうがうモンスターにて
コミカライズ版
同時連載

その門番、最強につき～追放された防御力9999の戦士、王都の門番として無双する～

2020年11月2日　第1刷発行

著　者　友橋かめつ

発行者　島野浩二

発行所　株式会社双葉社
〒162-8540　東京都新宿区東五軒町3番28号
[電話] 03-5261-4818（営業）　03-5261-4851（編集）
http://www.futabasha.co.jp/（双葉社の書籍・コミック・ムックが買えます）

印刷・製本所　三晃印刷株式会社

[電話] 03-5261-4822（製作部）
ISBN 978-4-575-24341-3 C0093　